Daniela Noitz

Die Pianobar

AF145829

Impressum:
Die Pianobar
Copyright @ 2015
Daniela Noitz
daniela.noitz@a1.net
www.nachtgedanken.at
www.nyx-nachtgedanken.blogspot.co.at

ISBN 9783734768125

PROLOG 4

EINE LEBENSGESCHICHTE 8

DIE ANDERE SEITE 110

EPILOG 168

WEITERE WERKE DER AUTORIN: 170

Prolog

Mein Name ist Anna Marx. Ich bin im Marketing beschäftigt, doch nur als Überbrückung und weil es mir der einzig mögliche Platz schien meine Kreativität auszuleben. Doch meine eigentliche Leidenschaft sind die Bücher, oder besser gesagt, jede Art von Texten. So weit ich zurückdenken kann, sehe ich mich immer nur lesend. Irgendwann begann ich meine eigenen Texte zu verfassen, weil mir das Geschriebene, das ich vorfand, zu wenig war. Es war nicht mehr das, was ich suchte. Meine Leidenschaft ließ nicht nach. Sie wurde nur präzisier. Ich war es immer und werde immer davon überzeugt sein, dass Bücher etwas bewirken in unserem Leben. Zu Anfang erweiterten sie meinen Horizont, indem ich Geschichten durchlebte, die nicht meine waren, niemals meine sein konnten, und doch durfte ich sie miterleben, über Zeiten und Weiten hinweg, eintauchen in fremde Welten und Gedanken, mein eigenes Leben für ein paar Stunden hinter mir lassend.

Ich wurde älter, wie das die Zeit eben so mit sich bringt, und manchmal zweifelte ich an der Sinnhaftigkeit meiner Leidenschaft, doch dann fand ich dieses Buch, das mir meinen Glauben mit einem Schlag wiederschenkte, meinen Glauben an die Schicksalhaftigkeit von Büchern.

Ich hatte es gefunden, weil es für mich bestimmt war, und zwar genau an diesem Tag, genau zu dieser Stunde. Irgendwer hatte es selbst gefunden oder vielleicht war es auch der Trödler, hatte es zwischen all die anderen Bücher gestellt, als wäre es wie alle anderen. Er hat es sich wohl nicht allzu genau angesehen, denn hätte er es getan, dann hätte er sofort festgestellt, dass es ganz und gar nicht so war wie alle anderen. Zunächst einmal war es mit der Hand geschrieben, aber auch kunstvoll in Leder gebunden. Aber vielleicht hatte auch das so sein sollen, diese Missachtung.

Wer weiß wie viele Menschen es schon vor mir in Händen gehalten hatten, wie viele Menschen es nicht in ihrem Wert erkannt hatten. Aber wohl, auch sie konnten es nicht, denn es war für mich bestimmt oder zumindest für jemanden, der sich davon ansprechen ließ, den es zum Handeln anregte. Es war dazu ausersehen in meine Hände zu fallen, auf dass ich es lese und entsprechend auf das Gelesene reagiere. Natürlich kann man immer noch sagen, bloßer Zufall.

Es gibt Menschen, die halten alles bloß für Zufall. Und wenn man ihnen hunderte Beispiele bringt. Dann sagen sie immer noch, es seien doch nur Einzelfälle. Natürlich sind sie das, sonst wäre es ja auch nichts Besonderes. Sie sind allerdings sogar mehr als bloß Einzelfälle, sie sind einzigartig, jedes in seiner Art. Und wenn ich von einem Haus träume, einem Haus, das ganz anders aussieht als alle anderen, und wenn ich dieses Haus auch noch finde, sofort weiß, ich kenne es nicht nur aus meinem Traum, nein, ich war schon einmal hier, vor meiner Zeit, dann schütteln sie bloß den Kopf und nennen es Humbug.

Manche jedoch, die wissen worum es geht, und die wissen, dass es etwas Verbindendes gibt über Zeiten und Welten hinweg, etwas, in das wir eingesponnen sind, mit dem wir verknüpft sind. Die verstehen, dass mir das Buch ein Auftrag war, den ich gemeinsam mit meinem besten Freund, Karl Bonai, seines Zeichens Controller und nebenbei virtuoser Pianist, zu erfüllen gedachte.

Auch er gehörte zunächst zu denen, die sich skeptisch gezeigt hätten, doch er blieb trotz allem an meiner Seite und ließ sich ein, trotz aller Bedenken und Vorbehalte. Schlussendlich musste er zugeben, dass es doch manchmal so sein könnte, wie ich mir in meinem literaturzersetzten Gehirn zusammenreime. Zumindest dieses eine Mal müsste er eingestehen, dass ich recht hatte. Was aber noch lange nicht bedeuten soll, dass er nun bereit sei, solche Phänomene uneingeschränkt und ohne jede weitere Vorbehalte anzuerkennen, sondern nur, und die Betonung liegt auf nur, in diesem einen, einzigen spezifischen Fall tatsächlich so sein hätte können. Oder es könnte auch trotzdem Zufall sein und es hat sich alles andere aus unserer mentalen Arbeit ergeben. Aber letztlich spielt das auch keine Rolle.

Denn es ist wie das ist, sagt die Liebe, und auch das Leben schert sich grundsätzlich einen Dreck um unsere, im Vergleich zu diesem, vernachlässigbaren geistigen Leistungen. Aber das Buch ließ uns eine Aufgabe zukommen – welche das war und wie wir sie erfüllten, das könnt ihr hier nachlesen.

Eine Lebensgeschichte

Niemals war es anders gewesen. Niemals würde es anders sein. So zumindest dachte ich es mir, als es noch war wie es war. Natürlich gab es ein Leben davor, ein Leben voller Entbehrungen und Rückschläge, doch wir haben niemals aufgehört an unseren Traum zu glauben, niemals aufgehört daran zu arbeiten, und wenn es gar zu schlimm kam, wenn es mal wieder so weit war, dass wir nicht wussten womit wir unsere Miete bezahlen sollten oder auch nur das Essen, dann waren wir uns gegenseitig Stütze und Halt.

„Vielleicht sollte ich doch eine Arbeit suchen, eine, die zumindest das Überleben ermöglicht", sagte ich zu Dir, aber Du winktest ab.
„Jetzt willst Du aufgeben, jetzt, wo wir so nahe davor sind es doch noch zu schaffen?", fragtest Du, und auch wenn ich nicht wusste wovor wir nahe standen, so ließ ich mich doch jedes Mal berühren von Deinen Worten und anstacheln.
„So viele Jahre, nein, das darf nicht umsonst gewesen sein!", sagte ich mit Überzeugung.
„Ich habe es übrigens geschafft und uns für heute Abend einen Auftritt organisiert", erklärtest Du mir ernst, „Heute Abend wird es passieren, und Du wirst nie wieder frieren müssen!"

Wie oft hatte ich das schon gehört, und doch, ich glaubte Dir, weil ich Dir glauben wollte, aber auch weil ich an uns glaubte, an Dich und mich. Wenn man das Gefühl auf der Bühne zu stehen und umjubelt zu werden, einmal gekostet hat, dann will man es nie wieder missen. Es ist wie eine Sucht, der man sich nicht mehr zu entziehen vermag. Natürlich war die Begeisterung nicht immer groß und unser Publikum war es noch seltener, aber das tat unserem Engagement keinen Abbruch. Denn eigentlich spielten wir für uns selbst.

Du bist am Klavier gesessen. Ich stand auf der Bühne. Verlegen sah ich ins Publikum, und dann ging mein Blick zu Dir, in dem so viel Wärme und Zuversicht lag. Und was ich tat, was ich erzählte, ich tat und erzählte es für Dich, und für niemanden sonst. In Deinem Blick fühlte ich mich wie die größte Künstlerin, die je gelebt hatte.

„Und wo soll dieser Auftritt stattfinden?", fragte ich endlich.
„Moment, ich habe es mir aufgeschrieben", entgegnetest Du, und kramtest in Deinen Taschen nach dem Zettel, bis Du ihn endlich gefunden hattest, „In der Pianobar in der Vorstadt."
„Habe ich noch nie davon gehört", gab ich offen zu, „Aber das heißt nichts. Ich freue mich auf jeden Fall darauf. Ich bin so lange nicht mehr auf der Bühne gestanden, und wenn ich nicht auf der Bühne stehe, dann fühle ich mich leer und

innerlich tot, aber Du wirst sehen, heute Abend ist es soweit."

Und ich versuchte mir die Hände an dem kleinen Kachelofen zu erwärmen. Lange würden wir nicht mehr heizen können.

* * *

„Hallo Anna", risst Du mich aus meinen Gedanken. Erschrocken ließ ich das Buch fallen, „Also Dich darf man mit einem Buch nicht unbeaufsichtigt lassen. Sitzt da im Café, bist gedanklich völlig weggetreten. Dich könnte man ausrauben, und Du würdest es noch nicht einmal merken."

„Hallo Karl", antwortete ich kurz, „Aber wenn es mich doch so fesselt. Stell Dir vor – kannst Du Dich bitte endlich niedersetzen, das macht mich nervös – also, Du weißt ja, ich stöbre so gerne beim Trödler, im Besonderen bei den Büchern, und das habe ich heute gefunden."

Triumphierend sah ich Dich an.

„Du hast also unter all den Büchern tatsächlich auch ein einzelnes Buch entdeckt. Das ist doch wirklich faszinierend", entgegnetest Du sarkastisch.

„Ja, ich meine, nein, ich meine – Du bringst mich so durcheinander", erwiderte ich entschieden, „Es ist ja nicht irgendein Buch, sondern ein Tagebuch. Deshalb war ich auch so vertieft, weil

10

es so mühsam zu lesen ist. Es wurde von einer Frau geschrieben. Sie hieß eigentlich Ilse, Ilse Frei, und war oder ist – das weiß ich nicht so genau - Künstlerin, Kleinkunst, Kabarett, literarische Vorträge und so was, und sie arbeitete zusammen mit einem Musiker, einem Pianisten, der Hans hieß, Hans Voller. Miteinander traten sie immer wieder auf, doch offenbar lebten sie lange Zeit mit der Hand in den Mund, doch dann stand der große Durchbruch bevor, also sie dachten es zumindest."

„Mit einem Wort, so ein richtig schönes, romantisches Aschenputtelmärchen. Zuerst, kein Engagement, es regnet beim Dach herein, sie hungern und frieren, und gerade als alles zu spät zu sein scheint, dann passiert es. Ein klassisches Hollywood-Drama, mit viel Seufzen, aber vor allem mit einem herrlichen Happy End. Die Protagonisten heiraten und wenn sie nicht gestorben sind, dann leben sie noch heute", erklärtest Du, gewohnt zynisch.

„Woher willst Du wissen, dass es passierte? Das habe ich doch mit keinem Wort gesagt", wandte ich ein.

„Na dann sag halt schon, und spann mich nicht unnötig auf die Folter, ist es passiert?", fragtest Du stirnrunzelnd.

„Was weiß denn ich. Das war doch die Stelle wo ich von Dir unterbrochen wurde", entgegnete ich ernst, „Aber Du wirst es erfahren."

Und so las ich Dir vor.

* * *

Pünktlich um halb acht trafen wir bei der Pianobar ein. Wir waren zu Fuß gegangen, weil wir uns die Karte für die Straßenbahn nicht leisten konnten, von einem Taxi ganz zu schweigen.

„Es ist doch ein wunderschöner Abend", gab ich zu bedenken, „Und es macht mir gar nichts aus an solch einem Abend zu Fuß zu gehen."

Doch ich wusste genau, dass Du mir nicht glaubtest, weil Du es mir ansahst, dass ich durchgefroren war, denn es war Dezember und der Wind peitschte unablässig durch die Straßen, wirbelte den Schnee auf und fegte ihn ins Gesicht. Dennoch widersprachst Du mir nicht.

„Na, dann lass uns mal reingehen und unser Bestes geben", fordertest Du mich auf, während Du mir galant die Türe öffnetest.

Diese führte in einen Vorraum, in dem die Garderobe untergebracht war. Eine dicke Frau mit dicken Brillengläsern und einem freundlichen, runden Gesicht saß in einer Ecke und strickte. Kopfschüttelnd sah sie uns an. War es denn wirklich so offensichtlich, dass wir keine Gäste waren?

*„Sie sind ja völlig durchgefroren, Kindchen",
wandte sie sich an mich, „Seid Ihr vielleicht die
neuen Künstler?"*
*„Nun ja, zumindest für diesen Abend", gab ich
unumwunden zu.*
*„Gut, dann geht bitte da hinein", erklärte sie, und
wies mit ihrer kleinen, feisten Hand auf eine Türe,
die neben der Garderobe im Dunklen lag, „Und
das nächste Mal nehmt bitte den
Lieferanteneingang. Der Chef mag es gar nicht,
wenn das Personal durch den Haupteingang
kommt."*

*Im selben Moment wurde die Türe aufgerissen,
die offenbar zur Bar führte und ein großer,
herrisch wirkender Mann trat ein. Seine Züge
waren hart und undurchdringlich, sein Haar
schlohweiß, was ihn beträchtlich älter erschienen
ließ, als er es in Wirklichkeit wohl war.*

*„Guten Abend", sagte er kurz, und man merkte
wie sehr er um Fassung rang, „Nie wieder möchte
ich es erleben, dass Sie diesen Eingang benutzen.
Der ist für zahlende Gäste und nicht für Personal."
Seine derbe Stimme passte zu seinem zerfurchten
Gesicht.*
*„Es wird nicht mehr vorkommen", sagtest Du
schnell, um mich dann in die Richtung der Türe zu*

*bugsieren, die uns die Frau an der Garderobe
gewiesen hatte, und ich kämpfte innerlich mit der
Vorfreude auf die Bar, in die ich einen kleinen
Einblick erhaschen konnte und dem Gefühl nicht
erwünscht zu sein.
„Meinst Du, wir können sie überzeugen?", fragte
ich Dich verunsichert, und als ich Dich ansah, fand
ich nicht den geringsten Zweifel.
„Ganz bestimmt werden wir das. Du darfst Dich
nur nicht verunsichern lassen", versuchtest Du
mich zu ermutigen.*

*Die Furcht und die Zweifel und die Unsicherheit,
all das würde sofort verflogen sein, sobald ich auf
der Bühne wäre, ich wusste es. Zehn Minuten
später hörten wir die Ansage, die uns galt. Wir
verließen den Raum, der für das Personal
bestimmt war und traten in die Bar. Sie war gut
besucht. Sämtliche Tische waren besetzt, und
etliche Menschen standen an der Bar, andere
wiederum tanzten. Ein grässliches Durcheinander
der verschiedensten Parfüms schlug mir
entgegen, doch ich versuchte es zu ignorieren,
und mich nur auf das eine zu konzentrieren,
unseren Auftritt. Während Du am Piano Platz
nahmst, suchte ich mir einen Platz in der Nähe,
wo ich sowohl Dich im Auge hatte, als auch von
den meisten der Gäste gut gesehen werden
konnte. Wie oft hatte ich Dich schon beneidet um
diesen festen Platz am Piano. Er war so
unumstößlich, doch ich hatte so etwas nicht,*

musste mich in jedem Raum erst neu einfinden.
Noch einmal sah ich zu Dir, holte mir Kraft aus
Deinem Blick – und ich spürte wie ich mein
Lächeln wiederfand, als Du begannst unsere
Titelmelodie zu spielen.

* * *

„Meinst Du, gibt es diese Bar noch?", fragte ich
unvermittelt.
„Keine Ahnung. Wer weiß, ob das Ganze
überhaupt in unserer Stadt spielt. Es könnte
doch von weiß Gott wo herkommen",
entgegnetest Du unwirsch, „Aber kannst Du jetzt
bitte weiterlesen."
„Hab ich Dich leicht neugierig gemacht?",
entgegnete ich grinsend.
„Nicht besonders, aber wissen will ich es jetzt
doch, bloß der Vollständigkeit halber",
erklärtest Du.
„Ja klar, der Herr Controller muss immer alles
vollständig haben, das ist alles", gab ich zurück
um dann doch weiterzulesen, weil ich es auch
unbedingt wissen wollte. Aber warum nur
konntest Du das nicht zugeben.

* * *

Du spieltest unsere Titelmelodie, quasi unser
Erkennungsmerkmal, das wir uns ganz am
Anfang unserer Zusammenarbeit zurechtgelegt

15

hatten, und das nun am Anfang eines jeden Programmes stand.

„Weißt Du", sagte ich damals zu Dir, „Wenn wir einmal berühmt sind, dann werden alle sofort aufmerksam, wenn sie diese Melodie hören. Was heißt die Melodie, wenn sie die ersten Takte hören."
„Du bist so herrlich optimistisch", entgegnetest Du, „Aber so soll es auch sein, denn wer soll schließlich an uns glauben, wenn nicht wir."

Mittlerweile waren fünf Jahre vergangen, und dieses Ziel hatten wir noch nicht erreicht. Eigentlich hatten wir noch gar nichts erreicht, aber unsere Zuversicht hatten wir dennoch nicht verloren. Du spieltest also unsere Erkennungsmelodie, und während ich mich von den sanften Tönen tragen ließ, merkte ich, dass die Menschen nicht aufmerksam wurden. Ungeniert und ungerührt plauderten sie weiter miteinander. Vielleicht hielten der eine oder andere inne, aber die Mehrzahl schien völlig unbeeindruckt. Ich spürte wie mein Mut sank. Sollte es wieder ein Reinfall sein? Wieder ein vergebener Abend? Doch dann, wieder der Blick zu Dir, und ich wusste, wusste wieder alles, woran wir glaubten und wovon wir uns all die Jahre tragen ließen, und als die letzten Töne verklungen waren, und ich anhob meinen ersten Text zu rezitieren, da verschwand die Welt um mich und die Menschen, und ganz gleich wie oft ich es schon erzählt hatte, es war wieder als wäre es das erste Mal. Es war mir, als wäre es mir noch nie so gut gelungen mich in meinen Text zu finden, ihn nicht nur in Worten, sondern in der Lebendigkeit des Augenblicks zu erschaffen. Die Worte rissen mich mit sich wie ein Strudel, und in meinem Ausdruck, in meinen Gesten lebten die Gefühle und das Ungesagte zwischen den Worten, so dass es ankommen konnte.

Und als ich endete, die letzten Worte des ersten Textes fliegen ließ, ihnen noch einen Moment wehmütig hinterherblickend, da erst kehrte ich in die Gegenwart zurück. Es war mucksmäuschenstill im Raum. Die Gespräche waren verstummt. Wie lange schon? ich vermochte es nicht zu sagen, doch wir hatten es geschafft, hatten die Aufmerksamkeit für uns gewonnen. Knappe zwei Stunden, so lange unser Programm andauerte, hielt diese an, um in einem tosenden Applaus zu enden.

„Wir haben es gewusst. Immer schon haben wir es gewusst", dachte ich mir, als wir uns verbeugten, und obwohl ich diese Überzeugung in mir getragen hatte, war ich überwältigt und glücklich. Seit diesem Abend mussten wir nie wieder frieren oder bangen ob wir am nächsten Tag was zu essen haben würden. Alles, was ich

mir je erträumt hatte, hatte sich erfüllt, mit einem
Schlag.

* * *

„Das sollten wir auch machen", sagte ich
unvermittelt, die Lektüre abermals
unterbrechend.
„Was sollten wir auch machen?", fragtest Du
irritiert.
„Wir werden die Pianobar suchen und in Ilses
und Hans Fußstapfen treten", erklärte ich, als
wäre es ein unumstößlicher Entschluss.
„Du ich bin Controller und kein Künstler, falls Du
das vergessen hast", erwidertest Du
stirnrunzelnd, als hätte ich Dir vorgeschlagen
etwas Unvernünftiges zu tun.
„Als wenn ich das vergessen könnte – und ich
arbeite im Marketing. Ja und? Willst Du jetzt bis
70 nichts anderes mehr machen? Willst Du
wirklich behaupten, dass immer alles so bleiben
muss wie es ist?"
„Natürlich nicht, und ja, als Hobby ist es ja recht
nett, aber ich weiß nicht, professionell ist doch
ganz anders", meintest Du unsicher.
„Dann denk an die letzte Weihnachtsfeier, da ist
es doch auch gut angekommen", gab ich zu
bedenken.
„Dennoch, es ist etwas anderes. An einen Profi
werden ganz andere Ansprüche gestellt",

wandtest Du ein, „Und dann musst Du einmal ein passendes Lokal finden."

„Werde ich, mach Dir keine Sorgen, und dann machen wir das gemeinsam. Abgemacht?", fragte ich, und Du nahmst meinen Vorschlag an, wie jemand, der überzeugt davon war, dass es sowieso nicht so weit kommen würde.

Und ich fuhr fort vorzulesen.

* * *

Vielleicht erscheinen meine Wünsche anderen als klein und unbedeutend, doch für mich bedeutete deren Erfüllung den Himmel auf Erden. Es kann aber auch sein, dass mich das Leben bescheiden machte. Zurückgeworfen zu sein in eine Situation, in der man nicht einmal das Nötigste zum Leben hat, das macht einen wohl zwangsläufig bescheiden. Manche werden darüber größenwahnsinnig, und sie werden niemals satt. So viel sie auch erreichen, immer muss es noch mehr sein. Allerdings – und das geschieht wie gesagt weniger zwangsläufig – blieb ich es auch.

Die zwei Stunden, die wir von nun an jede Woche auf der Bühne standen, diese zwei Stunden waren für mich immer die glücklichsten meines Lebens. Natürlich, mir machte es auch Spaß die Texte zu erstellen, die festen Probetermine und der Austausch mit Dir, aber all das war unbedeutend gegenüber unserem Wirken auf der Bühne.

Es ist schwer das zu beschreiben, so zu beschreiben, dass es jemand zu fassen vermag, der es noch nie erlebt hat und vielleicht auch gar nicht erleben will. Ich kann auch gar nicht so genau sagen woran es wirklich lag.

Am Anfang standen meine Texte. Ich erstellte sie mit der ganzen Intensität meines Seins. Mein Leben, mein Erleben, mein Erfahren und mein Erträumen flossen darin ein. Es war nicht abzutrennen von mir. Ganz und gar lebte ich darin. Das war es wohl auch, was sie so authentisch machte, war es, was die Menschen so fesselte. Zumindest wurde es mir in den unzähligen Gesprächen, die ich mit Menschen aus dem Publikum führen durfte, vermittelt. Wenn ich über Trauer schrieb, so war ich Trauer – und sie steckte an. So wie das Lachen, die Angst, aber auch die Freude. Es war lebendig, jedes Mal aufs Neue. Und dann hatte ich solch einen Text im Kopf, denn ich lernte sie für die Bühne.

Ein neuer Text. In der Probe konnte ich noch so überzeugt davon sein, die wahre Bewährungsprobe war die Bühne. Erst, wenn er dem Publikum das vermittelte, was er vermitteln sollte, erst dann war er gelungen. Und bis sich dies erwies, bis zu diesem Moment bangte ich, jedes Mal aufs Neue. Natürlich wurde ich routinierter mit den Jahren, doch etwas änderte sich nie.

Der Moment, in dem die Erkennungsmelodie erklang, die Gespräche verstummten, und wir die gesamte Aufmerksamkeit erhielten. Zu Anfang zitterte ich noch ein wenig, doch kurz darauf flog ich auf und weg in meinem Text, und ich war in meiner eigenen Welt, war darin und nahm nichts anderes mehr wahr. Erst, wenn ich verstummte, der Applaus anhob, dann landete ich wieder, sanft und unverletzt. Der Himmel war für mich auf die Erde gekommen.

Miteinander waren wir ein Duo, das bald über die Grenzen der Vorstadt hinweg berühmt war, so dass es schwer wurde Karten zu erhalten. Doch kein Glück hält für immer. Es wäre auch zu schön gewesen.

* * *

„Ich kann das so gut nachvollziehen", sagte ich unvermittelt, das Buch sinken lassend.
„Das finde ich ja toll, dass Du das kannst", erklärtest Du, unüberhörbar verärgert, „Aber musst Du gerade hier aufhören zu lesen, hier wo es spannend wird?"
„Warum wird es gerade hier spannend? Weil das Glück unterbrochen wird?", fragte ich

postwendend, und ohne meine Geringschätzung zu verbergen.

„Glück ist langweilig, zumindest auf die Dauer und in einem literarischem Werk", erwidertest Du mir, und obwohl ich wusste, dass Du recht hattest, beschloss ich auf meinem Standpunkt zu verbleiben, vorerst einmal.

„Wenn es irgendein Roman wäre, der von irgendeiner fiktiven Person handelt, ja, dann schon, aber das hier ist ein schlichtes Tagebuch, von einer realen Person, die vielleicht noch irgendwo in dieser Stadt lebt. Da wünschte ich mir doch, dass das Glück anhält, und so will ich es einfach noch wirken lassen. Oder hältst Du nicht einmal einen Moment des Glücks aus?", entgegnete ich, Dich herausfordernd ansehend.

„Es ist wirklich eine verteufelte Sache mit dem Glück. Hat man es nicht, so wünscht man es sich, und wenn man es hat, dann langweilt man sich. Das Immer-Gleiche, das erträgt der Mensch so schwer", sinniertest Du.

„Du erträgst es nicht, wolltest Du wohl sagen", gab ich zurück, „Du kannst nicht immer von Dir auf andere schließen. Aber wahrscheinlich geht es vielen so wie Dir. Eigentlich ist es schade. Wir wollen immer mehr und mehr, selbst, wenn uns schon alles beim Hals heraushängt wie einer gestopften Gans. Warum nur ist das so?"

„Weil der Mensch das Glück nicht erträgt, zumindest nicht auf Dauer. Mit dem Glück ist es wie mit dem Salz. Ein wenig gibt der Speise erst

Geschmack. Zu viel davon macht es ungenießbar", merktest Du lapidar an.

„Außer man erweitert die Speise. Was für ein sinniger Vergleich, das Leben als Wiener Schnitzel", erwiderte ich trocken, „Aber ich hätte ihr schon noch gerne eine Zeitlang zugesehen, oder besser zugelesen im Zustand ihres Glücks."

„Außerdem, um das auch mal loszuwerden, ist das ja auch nicht wirklich ein Tagebuch, denn nur, weil etwas mit der Hand geschrieben ist, ist es deshalb noch kein Tagebuch, sondern einfach nur eine Lebensgeschichte. Es steht doch noch nicht mal ein Datum dabei", erklärtest Du. Verdutzt sah ich auf das Büchlein in meiner Hand. Den Finger zwischen den Seiten, wo ich aufgehört hatte zu lesen, belassend, blätterte ich nach vorne, und tatsächlich, zwischen Umschlag erster Seite fand sich ein kleiner Eintrag, den ich bis jetzt übersehen hatte.

„Ilse Frei, Gartenweg 6", las ich leise vor, *„Meine Geschichte, vom Aufgang der Sonne bis zum Untergang, von einem Dunkel zum anderen, von 1990 bis 1995, denn vordem lag mein Leben und meine Person im Dunkel, und danach war es wieder so."*

„Aber das ist doch noch gar nicht so lange her", meintest Du, aufhorchend, „Knapp 20 Jahre erst. Vielleicht lebt sie ja noch dort?"

„Durchaus möglich, außer sie hat Selbstmord begangen", merkte ich an, „Das mit dem Dunkel am Ende, das hat schon etwas Schauriges, so wie ewige Nacht oder Verlorenheit."

„Dann lies mal endlich weiter, sonst werden wir es nie erfahren", fordertest Du mich auf, und so las ich weiter.

* * *

Aber noch war es nicht so weit, noch lief alles seinen gewohnten Gang. Gewohnt? Wie schnell man doch von Gewohnheit spricht. Es war erst wenige Wochen her – in meinem Gedächtnis verschwimmen die Zeiten – oder vielleicht schon ein paar Monate, aber ganz bestimmt nicht mehr als ein halbes Jahr. All das Dunkel, das mich zuvor so gerne in die Arme genommen hatte, mich hinunterzog und mir das Elend nur noch deutlicher spürbar machte, war endgültig verschwunden.

Was nicht verschwunden war, war das Gefühl des Gerettetseins vor dem Ertrinken im Dunkel, und immer war es Deine Hand, die mir Rettung war. Mit Deiner unzerstörbar scheinenden Zuversicht holtest Du mich immer wieder aufs Neue ans Licht.

Und wenn ich fror, dann zeigtest Du mir die Sonne.

Und wenn ich hungerte, nicht nur nach Brot, sondern nach einer Aufgabe, dann zeigtest Du mir den Horizont, und die Vielfalt der Möglichkeiten, die zwischen uns und diesem lagen.

Erst, wenn wir all diese Möglichkeiten ausgeschöpft hätten, dann würdest Du mir ins Dunkel folgen, hattest Du dann immer gemeint, und so haben wir Chance um Chance ergriffen. Immer wieder fragte ich mich woher Du nur die Kraft nahmst, nicht nur für Dich selbst, sondern auch für mich. Du schobst es gelassen auf Dein Naturell, und ich nahm es so hin und an. Warum auch nicht?

Ich hatte nicht viel, aber ich hatte einen Freund, der mir immer zur Seite stand, der für mich da war, wann immer ich ihn brauchte, und das selbe galt für mich natürlich auch, selbst wenn ich Deine Hilfe viel öfter in Anspruch nahm als Du meine – zumindest erschien es mir so.

Vielleicht habe ich alles andere einfach bei Seite geschoben, weil es für mich zu selbstverständlich war, dass ich für Dich tat, was ich zu tun hatte. Es gab kein Aufrechnen und kein Abwägen. Es war wie es war, und ich war glücklich darüber. Nein, das konnte man sich nicht kaufen. Das sind Geschenke, die man nur dankbar annehmen kann. Aber die Zeiten schienen lange her zu sein, denn wir befanden uns im Aufwind und der Plafond schien noch lange nicht erreicht zu sein. Das Glück hatte sich eingestellt, und ich nahm es hin, voll Dankbarkeit.

Immer mehr und mehr sprach es sich herum, unsere Programme waren immer gut besucht, und umso größer unser Erfolg wurde, desto härter arbeitete ich, denn ich war mir durchaus bewusst, dass es Menschen gab, die immer wieder kamen, so dass ich in den Programmen immer wieder neue Passagen einbaute, um zu überraschen, doch auch um verschiedenstes auszuprobieren. Neben ernste Themen bettete ich Slapstick und Humor, neben Trauriges noch Traurigeres in Form von politischen Kabaretteinschüben, so dass ich so weit wie möglich sicherstellen konnte, dass sich niemand langweilte.

Drei Mal die Woche probten wir, jeweils Montags, Mittwochs und Freitags, und wir durften in der Pianobar selbst proben, die ja am Vormittag geschlossen hatte. Eines Tages zitierte mich der Besitzer der Pianobar, zu sich in sein Büro. Wie immer in solchen Fällen war ich zunächst einmal misstrauisch. Dieser ausgediente Soldat, der sich quasi zu seiner Pensionierung einen Lebenstraum erfüllt hatte, indem er diese Bar eröffnete, hatte sich uns gegenüber bis jetzt bedeckt gehalten. Ich wusste natürlich, dass er den Vorstellungen immer beiwohnte, doch er hatte, bis auf einen kurzen Gruß, bis jetzt kein Wort mit uns gewechselt. Deshalb wusste ich auch nicht was mich erwartete. Was dann kam war so überraschend, dass ich kein Wort davon vergessen habe, und das Gespräch im Wortlaut wiedergeben kann.

„Guten Tag, Frau Frei", begrüßte er mich kurz. Sein graues Haar war militärisch kurz geschnitten und er war tadellos rasiert. Es gibt wohl Dinge, die wird man nie mehr los, wenn man es einmal gewohnt ist, dachte ich bei mir, denn auch der Anzug saß straff. Seine Haltung war es ebenfalls, doch war sein Gesicht von tiefen Falten zerfurcht und seine Augen spiegelten seine Verschlossenheit wieder, wie bei einem Menschen, der es gewohnt war, alles mit sich alleine auszumachen.
„Grüß Gott, Herr Hentschel", erwiderte ich unsicher seinen Gruß, woraufhin er mit einer kurzen Geste auf einen Stuhl mich wohl dazu aufforderte Platz zu nehmen.
„Liebe Frau Frei", begann er unsicher, „Ich bin kein Mann der großen Worte, bin es gewohnt mein Ziel direkt anzuvisieren."
„Und dann abzudrücken und zu treffen", platzte es aus mir heraus, und ich biss mir sofort auf die Zunge, denn Männer, die beim Militär sozialisiert wurden, verstehen im Allgemeinen keinen Spaß.
„Völlig richtig. Sie haben den Nagel auf den Kopf getroffen. Sehr gut. Sie sind eine kluge Frau, klug

und hübsch. Ich habe vor wenigen Tagen erfahren, dass ich nicht mehr lange zu leben habe. Nun mache ich mir Sorgen um die Bar. Ich will, dass sie in gute Hände kommt, und zwar in Ihre", erzählte er, als wäre es eine Kleinigkeit nebenbei.

„Aber warum ich?", fragte ich, doch einigermaßen irritiert. „Weil Sie die einzige sind, der diese Bar ebenso am Herzen liegt wie mir", gab er als Begründung an.

„Aber was ist mit Hans, also mit Herrn Voller, meinem Partner, warum machen Sie nicht ihm dieses Angebot?", fragte ich weiter.

„Sie verzeihen, aber Ihr Partner, ich traue ihm nicht über den Weg. Er ist ein Egomane, ein Narziss", erklärte er rundheraus.

„Nein, das ist er nicht. Sie können es nicht wissen, aber er war immer für mich da und ist mein bester Freund", entfuhr es mir, ungewohnt scharf.

„Nun, wie auch immer, ich möchte Sie um Ihre Hand bitten, das ist wohl das Beste. Dann gibt es keine Probleme und die Bar fällt Ihnen mit der Erbschaft zu", erklärte er bestimmt. „Und es ist sichergestellt, dass Sie jemand pflegt bis zu Ihrem ...", ergänzte ich, doch das eine Wort wollte mir nicht über die Lippen.

„Ja, bis zu meinem Ableben. Was sagen Sie?", fragte er rundheraus.

„Ich sage Nein, rundheraus, aber ich werde Ihnen wie eine Freundin beistehen, wenn Sie dies wünschen", erklärte ich, ganz egal ob ich die Pianobar erbe oder nicht.

Und so geschah es. Noch am selben Tag übersiedelte ich in eine kleine Wohnung oberhalb der Bar, die an jene von Horst Hentschel grenzte, so dass ich mich wirklich um ihn kümmern konnte, sollte es so weit kommen. Und natürlich erzählte ich Dir von den Ereignissen dieses Tages, doch Du wusstest nichts dazu zu sagen, warst nur gekränkt. Vielleicht, so schoss es mir kurz durch den Kopf, vielleicht hatte Horst doch recht, doch ich schob diesen Gedanken sofort wieder bei Seite, denn schließlich kannte ich Dich doch, oder ich glaubte es zumindest.

* * *

„Das sind doch nach wir vor großartige Entwicklungen", entfuhr es mir unwillkürlich. „Das kann schon sein, aber würdest Du bitte weiterlesen", fordertest Du mich auf, und ich kam Deiner Aufforderung nach.

* * *

Innerhalb weniger Stunden hatte ich meine wenigen Habseligkeiten gepackt, meine alte Wohnung geräumt und war nun in jene über der Pianobar gezogen. Es war zwar eine kleine Wohnung, aber für mich trotzdem eine Verbesserung. Die alte Wohnung bestand aus einem Raum, das WC war am Gang, und hier

29

hatte ich ein separates Schlafzimmer und einen Wohnraum mit einer Kochnische und sogar ein eigenes Bad. Für mich war es, als würde ich in eine Villa ziehen. Dementsprechend heiter und ausgelassen war ich. Außerdem ergaben sich aus der unmittelbaren Nähe zur Bar wunderbare Möglichkeiten. Ich hatte von da an jederzeit die Möglichkeit meine Texte sogar vor Ort zu schreiben oder auszutesten.

Ein Text wirkt auf der Bühne oft ganz anders, als er es in meinem Kopf kann. So voller Tatendrang rief ich Dich an, lud Dich ein in meine neue Wohnung, doch Du kamst nicht, denn Du meintest, es genüge doch, wenn Du sie zur nächsten Probe siehst. Außerdem solle ich doch den langen Anfahrtsweg bedenken, den Du nun immer noch habest. Das nahm ich damals so hin.

Heute denke ich mir, Du wolltest mein Glück nicht sehen. Du hast Dir die Wohnung niemals angesehen und meine Freude war Dir einerlei. Doch ich nahm es nicht schwer, denn ansonsten ging alles seinen gewohnten Gang. Du kamst zu den Proben, ich schrieb meine Texte und wir absolvierten unsere Auftritte. Vielleicht, dass Deine Melodien schwermütiger wurden, doch auch das nahm ich nicht sonderlich ernst, denn das konnte ja auch am Wetter liegen. Das Land war vom Regen eingenommen worden, der es mit Betrübnis und Beklemmung überzogen.

Immer wieder kamen kleine Zeichen von Dir, die mich vielleicht im Moment irritierten, aber die ich im nächsten schon wieder vergessen waren. Wenn ich alles zusammen gesehen hätte, dann wäre es mir möglicherweise früher aufgefallen, aber zum einen wischten Dein Lächeln, Deine aufmunternden Blicke immer alles vom Tisch, und zum anderen war ich mehr denn je beschäftigt, denn Horst ging es zusehends schlechter, so dass ich viel Zeit an seinem Krankenbett verbrachte. Es entwickelte sich während dieser Zeit eine tiefe Freundschaft. Er breitete sein Leben vor mir aus, als wolle er durch das Erzählen Abschied nehmen. Auch wenn er kein Mann der vielen Worte war, so hatte er doch viel zu sagen, und ich hörte ihm gerne und mit Aufmerksamkeit zu.

Es war ein erfülltes Leben gewesen, erfüllt von Aufgaben, glücklichen und traurigen Momenten, wie ein Leben eben so ist. Er hatte niemals geheiratet, denn seine große Liebe war ihm durch eine noch größere Macht entrissen worden. Aber er war auch nicht der Mensch, der sich in einen Strudel des Unglücklich-seins hineinziehen ließ, sondern vielmehr in den des Tätig-seins. Darüber hatte er vergessen, dass es so etwas wie Krankheit oder Tod in einem Leben gab, auch wenn letzterer sein Leben völlig auf den Kopf gestellt hatte, auch wenn dieser mit zu seinem Beruf gehörte. Letztlich war es ein Gefühl des Gehalten-seins, das

ihn während all der Jahre begleitete und stärkte,
ein Gefühl, das selbst der Tod nicht unterbinden
kann.

* * *

„Ich habe es immer schon gewusst, die Liebe
nimmt dem Tod den Stachel", sagte ich,
verträumt das kleine Büchlein auf den Tisch
legend.
„Also mir kommt das schon reichlich
romantisierend vor. Sicher kann man einen
Menschen im Gedächtnis behalten, auch weiter
lieben, aber was bringt es in meinem Leben. Man
ist doch allein, ohne Antworten, ohne
Unterstützung", entgegnetest Du trocken.
„Die mentale Unterstützung, auf die darfst Du
nicht vergessen", blieb ich beharrlich.
„Aber dennoch kannst Du nicht abstreiten, dass
es etwas ganz anderes bedeutet, wenn ein
Mensch vor Ort ist oder ob er es nicht ist, wenn
ich quasi jederzeit mit ihm Kontakt aufnehmen
kann", erklärtest Du pragmatisch.
„Aber vielleicht kann man niemand anderen
mehr annehmen, weil man diesen mit dem
Verstorbenen vergleicht, und bei diesem
Vergleich wird der Tote immer Sieger sein, denn
dieser verändert sich nicht mehr, bleibt immer
gleich zugewandt und fürsorglich. Er muss sich
nicht mehr am Prüfstein des Faktischen
bewähren", hielt ich entgegen.

„Und so wandelt man lebend unter den Toten und ist es eigentlich auch schon", merktest Du an, „Es tut nicht gut, den Menschen, die leben, keine Chance zu geben. Es tut gut zu leben mit Lebenden und nicht mit Toten."

„Es müsste doch einen Weg geben beides in Einklang zu bringen, das Leben mit dem Tod auszusöhnen und es im Fluss zu sehen, so dass beides den Platz bekommt, der ihm gebührt, vielleicht wandelnd über die Zeit und die Anforderungen, doch immer in allen Facetten bestehend", versuchte ich zu vermitteln, und es gelang mir, so dass ich die Lektüre wieder aufnahm.

* * *

Und Horsts Liebe, die selbst der Tod nicht auszulöschen vermochte, wandte sich an Luise, deren Bild auf seinem Nachttisch stand, das Bild einer zarten, dunklen Frau, die so früh aus dem Leben scheiden musste. In ihrem Blick fand ich etwas Melancholisches, als hätte sie gewusst, dass dem Tod bereits näher war als dem Leben, als die Aufnahme gemacht wurde. Der sonst sachliche Ton, den Horst immer an den Tag legte, erhielt etwas rührend Zärtliches, wenn er von ihr sprach, wie er ihn sonst niemals fand.

Ich ertappte mich dabei, dass ich davon träumte, ebenso geliebt zu werden wie Luise, mit jener

*Intensität, aber auch Behutsamkeit. Doch kann es
so etwas geben? Konnte es eine solche Liebe für
mich geben? Ich konnte es mir nicht vorstellen. Es
erschien mir so einmalig und unwiederholbar.
Letztlich jedoch lag es vielleicht auch daran, dass
ich rundum zufrieden war und nichts weiter
wollte. Sicher, es heißt immer, dass einen die
Liebe dann findet, wenn man sie nicht sucht. Ich,
für meinen Teil, suchte sie nicht und sie fand mich
dennoch nicht. Aber es könnte auch daran liegen,
dass ich sie nicht nur nicht suchte, sondern mich
geradezu vor ihr versteckte, denn in meinem
Leben war kein Platz dafür. Es gab wohl den
einen oder anderen, der mir den Hof machte, aber
niemand erreichte mein Herz wirklich.*

*Ich träumte von der Liebe, ohne den Traum
verlieren zu wollen, und einen Traum verliert
man durch zwei Arten. Entweder indem er von
einem anderen verdrängt wird oder indem man
ihn verwirklicht. Ich fand keinen größeren,
verwirklichte ihn nicht und behielt ihn so bei, aber
da war nicht mehr Platz, denn neben meinen
bisherigen Aufgaben, übernahm ich auch mehr
und mehr die Führungsrolle in der Pianobar, die
Horst aus gesundheitlichen Gründen nicht mehr
bekleiden konnte. So wuchs ich quasi in diese
hinein. Dennoch war es zu früh – wie es immer zu
früh ist – als Horst starb und ich nun alles alleine
zu bewältigen hatte.*

Nicht, dass ich es nicht gekonnt hätte, aber es ist dennoch einfacher nicht ganz alleine an einer Bürde zu tragen, sich austauschen zu können. Mit einem Schlag war mir alles genommen worden und ich fühlte mich furchtbar einsam, denn ich hatte mit ihm einen guten Freund verloren. Es war ein Verlust, den ich nie überwand, zumindest bis heute nicht. So brachte ich es auch nicht fertig von meiner Wohnung in seine zu übersiedeln, auch wenn sie nun mir gehörte.

Ich blieb in meiner kleinen Wohnung, denn ich brauchte auch nicht mehr. In seinen Räumen beließ ich alles wie es war. Wer weiß, vielleicht, eines Tages, wenn ich doch noch eine Familie haben würde, dann würde ich diese Wohnung nutzen, aber bis dahin brauchte ich es nicht.

Alles andere ging seinen gewohnten Gang. Der Tod kam, nahm Horst mit, ein letzter Abschied an seinem Grab, und schon war alles wieder wie immer, zumindest rund um mich, als wäre nichts geschehen, als wäre nicht ein Mensch aus dem Leben geschieden, der in meinem Herzen eine Lücke hinterließ. Kurz fragte ich mich noch, wie das ging, dass man einfach so weitermacht, um sofort wieder selbst von den Anforderungen des Alltäglichen mitgerissen zu werden.

* * *

„Wie schnell man doch vergessen wird, als wenn ein Menschenleben keine Bedeutung hätte", sagte ich seufzend, und stellte fest, dass mein Kaffee inzwischen kalt geworden war.

„Aber wäre es Dir denn lieber, dass alle um Dich herum in Schwermut verfallen, wen Du sterben solltest, dass sie alles liegen lassen und nur mehr um Dich trauern, als würden sie ebenfalls aufhören zu leben?", wandtest Du ein, und ich lenkte meine Gedanken weg von mir selbst, hin zu denen, die ich zurücklassen würde, sollte ich jetzt sterben, und ich wusste plötzlich, dass ich genau das nicht wollte.

„Nein, ich möchte, dass sie weiterleben, dass sie nach dem Abschied wieder glücklich und fröhlich sein können", erklärte ich entschieden.

„Dann musst Du auch loslassen können", sagtest Du sanft, doch ich war mir nicht ganz sicher, ob ich mir diese Sanftheit nicht nur einbildete.

* * *

Alles ging weiter wie gehabt. Das Leben und seine Anforderungen, die Proben und die Auftritte, das Management der Bar, alles wie gehabt. Ich war eingespannt, den ganzen Tag, so dass ich daneben nichts wahrnahm. Vielleicht auch nicht wollte, denn sonst hätte ich es vielleicht früher gemerkt. Wie offensichtlich muss etwas sein, dass man es auch dann noch merkt, wenn man sich davor scheut?

Manchmal liegt etwas zum Greifen nahe vor uns, ja wir stolpern beinahe darüber, und trotzdem sehen wir es nicht. Wahrscheinlich weil wir es nicht sehen wollen. Da liegt es am Boden, und wir schauen drüber. Ist ja nicht so schwer, wenn es noch ganz klein und unbedeutend ist, selbst wenn noch die eine oder andere Kleinigkeit hinzukommt. Man müsste schon alle diese Dinge auf Augenhöhe anheben, und selbst dann haben wir noch die Möglichkeit zu übersehen, indem wir den Blick einfach noch mehr heben, bis zum Himmel, scheinbar die Wolken bestaunend und den klaren Sonnenschein, doch diese Dinge, die wir ausblenden wollen, bekommen eine Eigendynamik, legen sich wie schwabbelnder Nebel vor unsere Augen und verdüstern die Sonne, verkleiden alles um uns mit einem zähen, ekligen Schleim, bis wir einfach nicht mehr ausweichen können.

In meiner Einsamkeit, in der ich mich wie ein Blatt im Wind des Schicksals fühlte, wandte ich mich an Dich, meinen besten Freund, um Dir zu erzählen, von meinem Verlust und meinem Schmerz, doch Du sprachst von der Ungerechtigkeit und der Zurückweisung, die Du erfahren hattest. Du warst überzeugt, dass Horst Dir die Bar zusprechen hätte müssen, auch wenn

*Du kaum ein Wort mit ihm gesprochen hattest,
und seitdem Horst und ich dieses Arrangement
getroffen hatten, warst Du ihm überhaupt aus
dem Weg gegangen.*

*Und ich sah es nicht, weil ich es nicht sehen wollte.
Dennoch erzählte ich Dir weiter, von meiner
Freude darüber, dass unsere Freundschaft mir
hinweghelfe über den Schmerz, dass es mir gut
tat, dass Du für mich da warst. Doch Du kanntest
kein anderes Thema als Deine Zurückweisung.*

*Horst hätte Dich um das betrogen, was Dir
zugestanden hätte, denn Du hättest Dich mit Leib
und Seele eingesetzt, und dann hatte ich mich
dazwischen gedrängt. Natürlich hatte ich nie
etwas Derartiges getan, aber ich widersprach Dir
nicht, weil ich merkte, dass die Wut aus Dir
sprach. Das würde sich schon wieder alles
einrenken. Du würdest die Vorwürfe hinter Dir
lassen und es würde alles wieder so sein wie es
immer war zwischen uns. Doch wie sollte es?*

*Ich sah es nicht, weil ich es nicht sehen wollte. Wir
hatten die Basis verloren, und so konnten wir
nicht mehr miteinander reden. Ich wollte es nicht
glauben, wollte mit aller Macht, dass das
Geschehene keinen Einfluss hatte. Wie töricht ich
doch war. Etwas Geschehenes kann noch so sehr
aus den Gedanken verbannt werden, es behält*

seine Wirkmächtigkeit. Es gibt keinen Ort, an den man davor fliehen kann.

Wie viel mehr, wenn es einem jeden Tag aufs Neue vor Augen steht, wenn man immer wieder daran erinnert wird, dass uns das Schicksal ein Geschenk zukommen ließ, doch mit diesem auch eine Herausforderung. Vielleicht wäre alles anders gekommen, hätten wir damals den Mut gefunden offen miteinander zu reden.

* * *

„Was ist denn immer so schwer an der Offenheit? Warum kann man unter Freunden nicht ehrlich sein?", fragte ich unvermittelt, das Buch zuklappend, denn wir mussten das Lokal verlassen.

„Gerade unter Freunden ist es manchmal ziemlich schwer, weil man den anderen nicht verletzen, nicht kränken will", entgegnetest Du, während Du den Mantel anzogst.

„Aber wenn die Wahrheit unter Freunden nicht gesagt werden kann, wo kann sie es dann?", sann ich weiter, während wir uns auf den Weg machten.

„Zu Fremden. Weil es Dir egal ist. Der kann auf Dich wütend sein und Dich ablehnen, es ändert nichts für Dich, aber einen Freund willst Du nicht verlieren, der liegt Dir am Herzen", entgegnetest Du, und während wir uns verabschiedeten, dachte ich daran, wie denn eine Welt aussähe, in der Freunde ehrlich miteinander umgehen konnten, ohne ihre Freundschaft aufs Spiel zu setzen, ohne Angst haben zu müssen, dass die Basis ihres Miteinanders wegbrach.

Eigentlich war es ein langer, anstrengender Tag gewesen, so dass sich eine angenehme Erschöpfung in mir ausbreitete, als ich mich endlich in meinen Stuhl fallen lassen und die Beine hochlegen konnte. Auf dem kleinen Tischchen daneben lag ein Buch, aufgeschlagen an der Stelle, an der ich am vergangenen Abend zu lesen aufgehört hatte, und mit dem Rücken nach oben. Ich war mir durchaus bewusst, dass ich mit meinen Büchern nicht so umgehen sollte, dass es ihnen nicht gut tat, aber ich war wohl mal wieder zu müde gewesen ein Lesezeichen zu suchen.

Für mich gab es nur zwei Arten von Büchern, die, die mich derart fesselten, dass ich nicht aufhören konnte zu lesen, und die, die ich erst gar nicht ansah. Es gab kein Dazwischen, nur diese beiden Extreme. Wenn ich einmal ein Buch gefunden hatte, das mich derart fesselte, und mit den Jahren geschah dies zusehends seltener, dann konnte ich mich einfach nicht beherrschen und las immer viel länger als ich eigentlich sollte. Dementsprechend kurz war die Zeit, die mir zum Schlafen blieb. Dementsprechend müde war ich am nächsten Morgen, und dennoch konnte ich nichts dagegen tun, doch an diesem Abend wollte ich dieses Buch, das mich am Vorabend noch derart gefesselt hatte, nicht einmal zur Hand nehmen, denn es war etwas geschehen – und das Geschehen ist immer unhintergehbar.

Der Zufall hatte mir ein Buch in die Hand gelegt – oder das Schicksal -, das vielleicht literarisch nicht beeindruckend war, aber die Geschichte, die es erzählte, die eine Frau erzählte, die ich nicht kannte, und die sich mir doch so vertraut gemacht hatte, sie war hier passiert, hier in meiner Nähe, und wer weiß, vielleicht lebten die Protagonisten noch, hier in meiner Nähe. Und in mir tauchte erstmals der Gedanke auf, dass ich sie gerne kennenlernen würde, sie und die Pianobar, eingekuschelt in meinen Lieblingsstuhl, gewärmt durch das knisternde Feuer im Kamin.

* * *

Galant halfst Du mir aus dem Mantel und die Dame an der Garderobe hängte unsere Mäntel zu all den anderen, die dort schon hingen. Dann betraten wir die Bar, und übersahen das Lokal. Es bestätigte sich, was sich an der Garderobe bereits angekündigt hatte, es war überaus gut besucht. Die Menschen wirkten fröhlich und ausgelassen, doch auch von einer gespannten Erwartung eingenommen. Wir suchten uns unseren Platz. Es waren die beiden letzten freien Stühle. Gut, dass wir reserviert hatten, dachte ich noch. Ich wollte Dich gerade fragen, was denn so außergewöhnlich wäre an diesem Abend, als plötzlich sämtliche Gespräche verstummten. Das Licht im Saal wurde abgeschaltet, so dass die Tische nur mehr von den kleinen Teelichtern erhellt wurden. Dafür wurde die Bühne in helles Licht getaucht, auf der sich nichts weiter fand, als ein Flügel und ein Stuhl. Kurz darauf erschienen ein Mann und eine Frau auf der Bühne, die mit tosendem Applaus empfangen wurden, und auch wenn ich die beiden noch nie zuvor gesehen hatte, wusste ich sofort wer es war, Ilse und Hans. Die ersten Töne des Klaviers erklangen ...

* * *

Unmotiviert schreckte ich auf. Das Buch, das ich die ganze Zeit über in der Hand gehalten haben musste, war dieser entglitten und zu Boden gefallen. Das war es, was mich geweckt hatte. Nichts als ein Traum also. Wir waren nicht in der Pianobar gewesen. Doch vielleicht sollt dieser Traum ein Hinweis sein, ein Hinweis sie zu finden, Ilse und Hans, sie wieder zusammen zu bringen und miteinander auf die Bühne. Genau das musste es sein.

Das Buch war mir nicht durch Zufall in die Hände gefallen, sondern das Schicksal hatte uns dazu ausersehen ein Paar wieder zu versöhnen, das zusammen gehörte. Wie das alles funktionieren sollte, das wusste ich nicht, aber ich war überzeugt davon, dass es nichts anderes sein konnte. Und das musste ich Dir erzählen, sofort und auf der Stelle. Es gibt nun mal Dinge, die keinen Aufschub dulden.

„Hallo Anna, was ist denn passiert?", meldete sich eine verschlafene Stimme, als ich kurzentschlossen bei Dir anrief.
„Hallo Karl! Warum fragst Du ob was passiert ist? Ich ruf Dich doch nicht nur an, wenn was passiert ist", entgegnete ich vergnügt.
„Das kann schon sein, aber das tust Du dann nicht um vier Uhr morgens", entgegnetest Du, während ich verwirrt einen verstohlenen Blick auf die Zeitanzeige auf meinem Handy warf. Tatsächlich, es war erst vier Uhr morgens. Wie hatte ich das nur übersehen können? War ich wirklich so von meiner Euphorie eingenommen?
„Du hast doch nicht noch geschlafen", entgegnete ich etwas unbeholfen.
„Doch, das pflege ich um diese Zeit zu tun, vor allem an einem Samstag", sagtest Du knapp,

„Und wenn sonst nichts Schreckliches passiert ist, dann werde ich jetzt weiterschlafen."

„Doch, es ist etwas passiert, aber etwas Schönes. Weißt Du was, ich werde ein paar leckere Sachen einkaufen, und Du kommst zum Frühstück herüber", schlug ich vor.

„Aber nicht jetzt", kam es von Dir zurück, und Deine Stimme hatte einen leichten Ton der Ungeduld angenommen, „Um neun bin ich bei Dir, dann kannst Du mir immer noch sagen was Du zu sagen hast."

An der Stelle unterbrachst Du die Verbindung, einfach so. Ein wenig mehr Höflichkeit hatte ich mir schon erwartet, auch wenn es vier Uhr morgens war. Das ist doch kein Grund.

* * *

Es fiel mir wieder ein, worüber wir am Vorabend gesprochen hatten, kurz bevor wir uns verabschiedeten, dass es nicht möglich war unter Freunden ehrlich zu sein, ohne die Freundschaft aufs Spiel zu setzen. War das nicht eben so ein Fall gewesen?

Ich hatte Dich um vier Uhr morgens angerufen, einer Zeit, zu der ich unter normalen Umständen auch noch geschlafen hätte. Das Läuten hat Dich also aus dem Schlaf gerissen. Auf dem Display sahst Du, dass ich es war, die anrief. Gleichzeitig sahst Du auf die Uhr. Die Kombination dieser

44

beiden Informationen ließ Dich den Schluss ziehen, dass etwas passiert sein musste. Nachdem ich Dir offenbar am Herzen liege, nahmst Du das Gespräch entgegen, weil Du für mich da sein wolltest, und dann war nichts als eine abstruse Idee, wegen der ich Dich aufgeweckt hatte. Wenn ich es so betrachtete, so warst nicht Du unhöflich, sondern ich war es, weil ich Deine Freundschaft für meine momentanen Ideen in Anspruch nahm. Spontan griff ich zum Handy, um mich bei Dir zu entschuldigen, doch dann – mit dem Blick auf die Uhr – ließ ich es bleiben. Trotz allem, hattest Du es mir nachgesehen. Vielleicht könnten wir es doch noch schaffen, dass wir ehrlich miteinander umgingen, zumindest Wir.

* * *

Pünktlich um neun kamst Du zu mir. Ich hatte den Frühstückstisch mit großer Begeisterung und vor allem, mit all dem gedeckt, wovon ich wusste, dass es Dir schmeckt. Und nachdem ich mich noch bei Dir entschuldigt hatte, winktest Du lächelnd ab.

„Du bist nun mal ein spontaner Mensch. Es wird wieder passieren, und ich werde es über mich ergehen lassen, weil ich Dich genau so will wie Du bist. Also fang nicht damit an Dir Zügel

anzulegen. Es würde sehr viel verloren gehen",
erklärtest Du mir.

„Ich bin unheimlich froh darüber, dass Du das so
siehst!", entgegnete ich überzeugt, „Und deshalb
wirst Du auch nichts Ungewöhnliches daran
finden, wenn ich Dich nun bitte, dass wir sie
suchen und wieder zusammenbringen, Ilse und
Hans in der Pianobar."

Verwirrt sahst Du mich an, und ich meinte ein
leichtes Kopfschütteln zu bemerken.

„Das ist aber nun wirklich nicht Dein Ernst?",
war das Einzige, was Du sagen konntest, obwohl
Du doch genau wusstest, dass es mein Ernst war
– schließlich kanntest Du mich gut genug.

„Doch, es ist mein Ernst", erklärte ich dennoch
sachlich, während ich mein Müsli löffelte, „Aber
das weißt Du doch ganz genau."

„Ja, natürlich weiß ich es", gabst Du resigniert
zu, „Und ich weiß auch genauso, dass Du mich
jetzt so lange bearbeiten wirst, bis ich mich dazu
bereit erkläre, und sei es nur deshalb, dass Du
endlich Ruhe gibst."

„Eben, warum versuchst Du es dann überhaupt",
entgegnete ich triumphierend.

„Dennoch werde ich mir erlauben, meine
Bedenken einzubringen", schränktest Du sofort
ein, „Woher weißt Du überhaupt ob sie noch
leben? Und wenn sie noch leben, ob Du sie noch
dort findest, wo sie damals gewohnt haben? Und
wenn Du sie tatsächlich noch lebend findest,

ganz gleich wo, woher willst Du wissen, ob sie überhaupt ein Interesse daran haben wieder zueinander zu finden. Und wenn sie Interesse daran haben wieder zueinander zu finden, wer sagt Dir ob sie noch Lust dazu haben miteinander aufzutreten? Und wenn sie noch Lust dazu haben miteinander aufzutreten, wer sagt Dir denn, ob die Pianobar noch existiert, und wenn sie noch existiert, ob es sich nicht mittlerweile um eine Bruchbude handelt?"

„Also wenn Du es so willst, dann weiß ich natürlich gar nichts. Aber was hätte es sonst für einen Sinn gehabt, dass ich das Buch finde, dass wir es miteinander lesen, wenn es uns nicht einen Auftrag geben sollte?", fragte ich meinerseits.

„Es kann doch alles nur ein banaler Zufall gewesen sein, in den Du schon wieder weiß Gott was für Auswirkungen und Verwicklungen hineininterpretierst", meintest Du, immer noch misstrauisch.

„Sicher kann es auch das sein, aber Du kannst nicht mit 100%iger Sicherheit ausschließen, dass ich mit einer Interpretation richtig liege", entgegnete ich unumgänglich und mit bestechender Logik.

„Das kann ich natürlich nicht", gabst Du Dich geschlagen.

„Eben, und wenn wir jetzt wirklich diesen Auftrag erhalten haben und ihn ignorieren, dann haben wir vielleicht eine große Chance verpasst zwei Menschen wieder zusammen zu bringen. Damit laden wir Schuld auf uns", erklärte ich.

„Und woraus schließt Du, dass sie sich überhaupt verloren haben?", fragtest Du.

„Aus dem, was wir bisher erfahren haben", gab ich zu.

„Und das hast Du jetzt hochgerechnet, genauso präzise wie die Konjunkturforscher, und bist nun überzeugt davon, dass das stimmt, obwohl es ganz anders sein könnte", merktest Du an.

„Aber es weist doch alles darauf hin", versuchte ich erneut.

„Du weißt doch genau, dass alles noch ganz anders kommen könnte, auch wenn alle Hinweise darauf weisen. Rein logisch gesehen hast Du recht, aber was ist an menschlichen Beziehungen schon logisch?", fragtest Du, während ich dabei zusehen musste, dass all meine schönen Pläne von Wiedervereinigung und Versöhnung platzten wie Seifenblasen im Wind, als ich eine sah, die weiter flog als alle anderen.

„Dann mache ich Dir einen Vorschlag. Wir lesen das Buch jetzt einfach zu Ende, und wenn ich recht habe, dann werden wir miteinander suchen und finden und wieder zusammenführen, ob sie nun wollen oder nicht, und wenn Du recht hast, und sie sich doch noch gefunden haben, dann werde ich nie wieder ein Wort darüber verlieren. Was sagst Du?", sagte ich, während ich spürte, dass mein Tatendrang zurückkehrte und die Lethargie vertrieb, die sich klammheimlich einschleichen wollte.

„Das ist zumindest einigermaßen vernünftig, und ich habe vor allem noch eine gewisse Galgenfrist", erklärtest Du lächelnd.

„Einverstanden", stimmte ich zu. So setzten wir uns ins Wohnzimmer, zum Kamin und ich nahm das Buch zur Hand, das mich so fesselte, mit der Geschichte einer Freundschaft, die irgendwo hier in unserer Nähe gelebt wurde und wahrscheinlich auch in die Brüche ging. Nur, wenn sich sämtliche Splitter finden lassen, kann man sie mit gutem Willen wieder zusammensetzen.

* * *

Nach wie vor probten wir drei Mal pro Woche, jeweils montags, mittwochs und freitags. Nichts hatte sich verändert, zumindest an diesen festgelegten Vereinbarungen. Festgelegt? Eigentlich hatten wir es niemals festgelegt. Es hatte sich einfach so entwickelt, über die Jahre hinweg, als Fixpunkte während der Woche. So wie andere Menschen zu genau bestimmten Zeiten arbeiten gehen, so trafen wir uns zu ebenso fixen Zeiten um zu proben. Es war einfach so, und es war auch während all der Zeit nicht hinterfragt worden. Alles andere wurde darum herum gruppiert. Alles andere konnten wir verschieben, nur unsere Proben nicht. Wie ein ungeschriebenes Gesetz erschien es mir.

So fand ich mich auch immer pünktlich um neun im Lokal ein, bereitete alles vor, so dass wir zwei Stunden unbehelligt und ungestört proben konnten. So auch an diesem Montag. Es wurde neun, doch Du kamst nicht. Während ich die Texte im Geist nochmals durchging, suchte ich Entschuldigungen für Dein Verhalten. Es könnte ja sein, dass Du verschlafen hattest oder etwas anderes dazwischen gekommen war oder Du Probleme mit der Straßenbahn hattest, und vieles andere. Doch im Grunde wusste ich, dass es nicht so war, dass dein Fernbleiben wohl einen Grund hatte, aber einen, den ich mir nicht eingestehen wollte.

So tanzten meine Gedanken grazil wie eine Tänzerin des Wiener Staatsopernballettes um die Wahrheit herum, immer rund um das Unausweichliche, wie um ein hell aufloderndes Feuer, das mich verbrennen würde, würde ich ihm zu nahe kommen. Bis um zwölf wartete ich auf Dich, doch Du kamst nicht. Den Rest des Tages versuchte ich Dich telefonisch zu erreichen, doch auch damit hatte ich kein Glück. Ich stand schon knapp davor, mir endlich einzugestehen, dass Du schlicht und ergreifend nicht gekommen warst, weil Du nicht kommen wolltest, doch dann bekam ich nochmals die Kurve.

Ein rettender Gedanke, der mich noch einmal vor der Wahrheit fliehen ließ. Vielleicht war Dir ja etwas Schlimmes zugestoßen, eine böse Krankheit oder ein Unfall. Ich sah Dich schon, irgendwo allein und verlassen in einem Krankenhausbett liegen, unfähig Dich zu rühren, geschweige denn mich anzurufen. So beschloss ich Dich am nächsten Tag zu besuchen oder in Erfahrung zu bringen in welches Krankenhaus Du gebracht wurdest.

Es würde sich alles in Wohlgefallen auflösen, versuchte ich mir einzureden, aber was, wenn Du nicht mehr mit mir arbeiten wolltest? Was, wenn Du mich jetzt einfach im Stich lassen würdest? Wie könnte ich denn ohne Dich weitermachen? Wie könnte ich je irgendetwas machen ohne Dich, ohne Deinen Blick, der es möglich macht, dass ich über mich hinauswachse? Was wäre ich denn noch ohne Dich?

* * *

„Siehst Du, es zeichnet sich schon ab. Als erst kommt Hans nicht zu den Proben, und dann auch nicht mehr zu den Auftritten, sie verlieren sich, sind unheimlich böse und wir werden sie wieder versöhnen", erklärte ich triumphierend. „Gar nichts sehe ich, außer der Tatsache, dass er eben den einen Vormittag nicht zur Probe erschienen ist. Das kann hundert Gründe haben, wie Ilse ja selber sagt. Wir sollten doch noch erfahren was wirklich schuld daran war", entgegnetest Du folgerichtig.

„Das kann schon sein, aber so wie sie es erzählt, deutet doch alles darauf hin", versuchte ich dennoch einzuwenden.

„Du sagst es selber, es deutet darauf hin, nichts weiter. Doch auf was für abstruse Ideen kann der Mensch kommen, wenn er mit sich und seiner Befindlichkeit alleine gelassen ist, zumal dann, wenn sein Selbstbewusstsein sowieso schon angeknackst ist, da wird eine Kleinigkeit gleich einmal zu einer furchtbaren Katastrophe hochstilisiert. Wie viele Katastrophen uns doch erspart geblieben wären, wenn der Mensch nicht so viel denken würde, manchmal, und wenn er nicht zu wenig denken würde, wenn es wirklich darauf ankäme, aber irgendwie scheint er doch bloß in seiner kleinen, lächerlichen Existenz befangen und ist nicht in der Lage über den Tellerrand hinauszublicken. So kommen Gerüchte in die Welt, und so viele ungerechte Beschuldigungen", erklärtest Du eifrig.

„Ja, ja, ist schon gut. Ich lese jetzt einfach mal weiter", sagte ich rasch, doch ein wenig befremdet von so viel unregulierter Leidenschaft.

* * *

Dieser Montag war wohl einer der schlimmsten Tage meines Lebens. Ich war nicht in der Lage mich auf irgendetwas zu konzentrieren. Meine täglichen Verpflichtungen spulte ich zwar ab, aber es war mir, als wäre es jemand anderer, der es machte, und in meinem Kopf spielte ich immer wieder alle Möglichkeiten ab, die mir in den Sinn kamen. So wankte ich zwischen Schmerz und Resignation, Euphorie und Lethargie. Aber letztendlich war es doch nichts anderes als ein unfruchtbares Unterfangen. Wenn ich Gewissheit haben wollte, so musste ich mit Dir sprechen, und wenn ich Dich telefonisch nicht erreichte, so musste ich einfach zu Dir fahren.

Mitten in der Nacht war es, dass mir dieser Gedanke, der doch so naheliegend war, kam. Ganz gleich was Du sagen würdest oder was dabei herauskäme, ich wollte wissen was los war, sonst – so war ich überzeugt – würde ich den Verstand verlieren.

So machte ich mich am nächsten Morgen auf den Weg, nachdem ich in der Nacht zuvor kaum geschlafen hatte. Zielstrebig ging ich auf das Haus zu, in dem Du wohntest. Das Herz schlug mir bis zum Hals. Ich konnte kaum schlucken. Den zitternden Finger gehoben, freischwebend vor der Klingel, fiel mir gerade noch rechtzeitig ein, dass ich an diesem Morgen noch keinen Kaffee getrunken hatte. Ohne Kaffee kam ich aber nicht auf Betriebstemperatur. Plötzlich spürte ich meine Kräfte schwinden und meinen Gedanken sich verlangsamen. Deshalb ließ ich den zum Klingelknopfbetätigen bereiten Finger wieder sinken und suchte statt einer Aussprache das Café auf, das Deinem Haus gegenüber lag. Es war quasi Dein zweites zu Hause. Während ich mir einen strategisch günstigen Platz suchte, einen, von dem aus ich das Haus beobachten konnte, selbst aber nicht gut zu sehen war, verfluchte ich mich bereits, denn es war letztendlich nur eine Ausrede. Ich hatte mich feige zurückgezogen. Es war allerdings nicht zu leugnen, dass mir der Kaffee, heiß und schwarz, gut tat und tatsächlich meine Lebensgeister weckte. Nochmals ging ich im Kopf durch, was ich zu Dir sagen wollte, schließlich wollte ich Dich nicht vor den selben stoßen, als ich eine Bewegung wahrnahm.

Die Türe beim Haus gegenüber wurde geöffnet und Du tratst heraus, gefolgt von einer rassigen Blondine. Rasch überquertest Du mit ihr die Straße, während ich in jener Dame eine unserer Stammgäste wiedererkannte. Frau Dr. Klara Heckensturz hieß sie, wobei der Doktortitel ihrem Mann gehörte. Sie benutzte ihn nur mit. Während der Herr Doktor immer steif und ungerührt am Tisch saß, umgarnte seine Frau Gemahlin Dich nach allen Regeln der Kunst. Ob ihr Mann es nicht merkte oder es nicht merken wollte, damit er ein paar Minuten Ruhe vor ihr hatte, denn sie redete

*wirklich unentwegt, vermag ich nicht zu
beurteilen. Tatsache war jedoch, sie wollte Dich
einfangen, um jeden Preis. Bisher hatte ich mir
darüber keine Gedanken gemacht, und machte sie
mir auch jetzt nicht, denn die Tatsache, dass sie
die Nacht bei Dir verbracht hatte, das ging wohl
höchstens ihren Mann und sie was an.*

*Was mich sehr wohl etwas anging, war die
Möglichkeit, sie könnte uns auseinanderbringen,
uns voneinander trennen wollen. Andererseits
hielt ich Dich eigentlich für professionell genug,
dass Du zwischen diesen beiden Dingen trennen
würdest. Wie sehr sollte ich mich irren. Obwohl,
im Grunde hatte ich mich nicht geirrt, Du warst
professionell genug, um Privates von
Geschäftlichem zu trennen, nur, dass sie Dir ein
berufliches Angebot machte, dem Du nicht
widerstehen konntest, das ahnte ich zu diesem
Zeitpunkt noch nicht.*

* * *

„Siehst Du, ich hatte recht!", unterbrach ich
nochmals triumphierend.
„Alles was ich sehe ist, dass er eine Geliebte hat
und nicht zum vereinbarten Termin erschienen
ist. Nun, das sagt noch gar nichts. Vielleicht hat
er nach einem heißen Wochenende einfach nicht
aus dem Bett gefunden oder finden wollen und
war zu feig es ihr zu sagen oder hat schlicht

darauf vergessen", entgegnetest Du, nicht im Mindesten beeindruckt, „Lies doch einfach weiter."

Und ich las einfach weiter.

* * *

Verdutzt musste ich mitansehen, wie Du, jene Dame im Schlepptau, direkt auf das Café zusteuertest. Instinktiv zog ich mich noch mehr in meine Nische zurück, doch diese Vorsichtsmaßnahme erwies sich als überflüssig, denn Du sahst Dich nicht weiters um, nachdem Du einen Herren entdeckt hattest, mit dem Du ganz offenbar verabredet warst. Diesen Herren erkannte ich auch als einen unserer Besucher wieder, der allerdings jeweils zu Beginn der Vorstellung gekommen war und das Lokal wieder verließ, gerade als der letzte Ton verklang. Du nahmst an seinem Tisch Platz, der keine zwei Meter von meinem entfernt lag. So war es mir möglich jedes Wort zu verstehen, das an Deinem Tisch gesprochen wurde, ohne dass ich entdeckt werden konnte.

„Grüß Gott, Hans Voller, mein Name", stelltest Du Dich vor.

„Aber, aber, mein Lieber, ich kenne Sie doch. Wer kennt Sie nicht? Ladislaus Lobkowitz. Es ist mir ein ganz besonderes Vergnügen Sie kennen zu

lernen. Frau Doktor, enchanté", flötete der Herr Lobkowitz.

„Sie wollten mich sprechen?", fragte nun Hans, „Frau Doktor Heckensturz hat mich informiert, aber nicht mehr verraten."

„Nun, dann haben wir ja eine neutrale Ausgangsposition. Sehr gut", entgegnete Herr Lobkowitz, sichtlich mit sich selbst zufrieden, wobei man nicht genau sagen konnte womit er eigentlich so zufrieden war. Mir persönlich war der Mann, mit der dröhnenden Stimme, dem vierschrötigen, durch Pockennarben entstellten Gesicht sofort unsympathisch. Er gehörte zu den Menschen, die reich waren und es auch zeigten, auf eine geradean vulgär protzige, arrogante Weise. Vielleicht war er es auch nicht und protzte nur desto mehr.

„Ich bin", fuhr er gedehnt fort, „interessiert daran Sie zu managen. Exklusiv, mit Auftritten im gesamten deutschsprachigen Raum. Was sagen Sie?"

„Das muss ich erst mit Ilse besprechen", kam es wie aus der Pistole geschossen.

„Mein Lieber", mischte sich Frau Doktor Heckensturz nun ins Gespräch, mit einem leicht flötendem Unterton, „Es geht doch nur um Dich. Da musst Du nichts besprechen, nur sagen, dass Du Deine Solokarriere startest. Stell Dir vor, Du würdest im ganzen Land berühmt. Du könntest Dir aussuchen mit wem Du einen Plattenvertrag abschließt. Wir bringen Dich ganz groß heraus."

Ohne mich, ging es mir durch den Kopf. Sie boten ihm an eine Karriere zu starten ohne mich. Natürlich wusste ich, dass das immer schon Dein Traum gewesen war. Aber das war bevor wir unseren Durchbruch hatten. Sicherlich, die Pianobar war nicht die Welt, aber wir hatten uns einen respektablen Platz in der Kunst- und Kulturszene der Stadt erarbeitet, wir beide miteinander, und dann kam irgendeine sauerstoffblond gefärbte Schlampe mit roten Lippen und Krallennägeln daher, und musste nur die Lippen spitzen, dass Du alles kaputt machst, was wir uns aufgebaut hatten.

Niemals hätte ich gedacht, dass Du mich einfach so fallen lassen würdest, dass Du mich aufgabst um Dich selbst zu verwirklichen. Das war es also der Grund gewesen, dass Du nicht zur Probe gekommen warst. Die schlimmsten Gedanken hatten mich umgetrieben, doch zu solch einem Verrat hatte selbst meine Phantasie nicht ausgereicht.

Aber wie hätte ich auch auf so eine Idee auch kommen sollen? Bis zu diesem Moment hatte ich Dich für meinen besten Freund gehalten. Doch Du hattest offenbar nur auf die passende Gelegenheit gewartet um mich abzuschießen, hattest mich als Sprungbrett benutzt. Ja, benutzt war der richtige Ausdruck. Ich fühlte wie sich mein Hals

*zusammenschnürte und dass mir jeden Moment
die Tränen übers Gesicht laufen würden. So
schnell wie möglich musste ich hinaus. Keine
Minute länger würde ich es hier aushalten.*

*Leise schlich ich mich aus dem Raum. Ein kurzer
Blick auf den Tisch, an dem Du sahst, überzeugte
mich jedoch davon, dass keiner von den dreien auf
mich achtete. Ungesehen verließ ich das Lokal.
Was sollte ich denn jetzt machen?*

* * *

„Siehst Du, er ist doch ein Verräter!", trumpfte
ich unvermittelt auf.
„Und woher weißt Du das?", fragtest Du
ungerührt.
„Er hat doch ihre Partnerschaft und ihre
Freundschaft einfach über den Haufen
geschmissen und hat sie verlassen", erklärte ich
fassungslos, was eigentlich keiner Erklärung
bedurfte.
„Das wissen wir nicht", bliebst Du gelassen, „Wir
wissen nur, dass da jemand war, der ihm das
Angebot gemacht hat. Wie er sich entschieden
hat, das haben wir nicht gehört. Diese Ilse ist
doch vorher davongelaufen."
„Gut, dann lese ich weiter, aber Du wirst sehen,
dass ich recht habe!", knurrte ich, doch schon
etwas kleinlaut.

* * *

Straff wickelte ich mir den Schal ums Gesicht, als ich das Lokal verlassen hatte, damit sie niemand sah, meine bitteren, heißen Tränen, die mir nun ungebremst über das Gesicht rannen. Nun war ich wirklich völlig allein auf der Welt. Gerade eben hatte ich erfahren müssen, dass mich mein bester Freund, also der Mann, den ich für meinen besten Freund gehalten hatte, ohne jede Vorwarnung im Stich gelassen hatte. Mehr noch, er hatte mich verraten, und ich wusste nicht einmal warum.

Natürlich, eine Solokarriere, das war das Optimum. Andererseits, wer wusste denn schon ob das stimmte, was dieser Herr da erzählte. Vielleicht war das nur so ein fadenscheiniger Agent, der seine Spielchen trieb mit Dir. Mit Dir! Konnte mir das nicht egal sein, was mit Dir war, nachdem Du mich so fürchterlich hängen ließt?

Während ich kreuz und quer durch die Straßen lief, dachte ich zunächst nur an den Verlust, den ich gerade eben erlitten hatte, dachte daran was Du mir bedeutetest und wie Du mit einem Schlag alles zunichte gemacht hattest. Immer wieder kam mir Dein Blick in die Quere, dieser motivierende, aufmunternde Blick. Jetzt, in meinen Gedanken wirkte er beinahe tröstlich. Doch ich wollte nicht getröstet werden.

Aufmunternd? Motivierend? Tröstend?

Es war doch offenbar alles nur Show. Aber die Show, das ist doch unser Metier, musste ich mir bitter eingestehen, und Du, Du hattest Deine Rolle wirklich brillant gespielt. Nichts hatte je darauf hingewiesen. Ja, wenn ich es genau bedachte, so hattest Du Deine Solokarriere nie wieder erwähnt, seit wir in der Pianobar auftraten. Doch Du wolltest mich bestimmt nur in Sicherheit wiegen über Deine eigentlichen Pläne. Still und geduldig lauertest Du, wie der Tiger auf die Beute, auf Deine Chance. Jetzt, da sie gekommen war, jetzt zeigtest Du Dein wahres Gesicht, sprangst blitzschnell vor und packtest die Chance, die sich Dir bot, ohne Rücksicht auf Verluste. Und ich, ich hätte davon noch nicht einmal was erfahren. Du wärst einfach weggegangen ohne mir ein Wort zu sagen. Nachdem Du die Pianobar schon nicht haben konntest, hattest Du umdisponiert. Wie richtig Dich Horst doch eingeschätzt hatte, und ich, ich war so verblendet gewesen durch meine Gefühle für Dich, dass ich die Wahrheit nicht sehen wollte. Mit Schrecken dachte ich daran, was passiert wäre, wenn Du die Pianobar bekommen hättest.

Ohne viel Federlesens hättest Du mich eines Tages auf die Straße gesetzt, für Deine Solokarriere, herz- und gefühllos, wie Du warst. Allerdings hatte ich es erst spät erkannt, doch noch nicht zu

*spät. Mein erster Impuls war mich zu rächen,
doch es erschien mir so sinnlos. Wie mir in diesem
Moment alles sinnlos erschien. Nein, ich würde
ganz anders vorgehen.*

*Kurzerhand entschloss ich mich, mich auf die
Suche nach einem anderen Musiker zu machen.
Nein, ich würde nicht aufgeben, und wie heißt es
so schön, andere Mütter haben auch schöne
Söhne. Ich bräuchte ja gar keinen schönen, nur
einen musikalischen. Und es rannten ja schließlich
genug Musiker herum, die alles geben würden für
einen einzigen Auftritt. Auch wenn ich insgeheim
wusste, dass es sehr unwahrscheinlich war, dass
ich jemand fand, mit dem ich so gut harmonieren
würde wie mit Dir. Aber gut, ich würde eben
Abstriche machen müssen. Als ich endlich die
Pianobar erreichte, stand mein Entschluss fest.*

* * *

„Ob sie da nicht etwas übereilt reagiert hat?",
fragtest Du unvermittelt, als ich unterbrach um
einen Schluck Tee zu trinken.
„Wohl kaum", erwiderte ich entschieden, „Es
gibt doch keine andere Möglichkeit, als dass er
das Angebot angenommen hat. Warum sollte er
es auch ausschlagen? Er war doch in seiner
Eitelkeit gekränkt worden, indem Ilse und nicht
er die Pianobar bekommen hatte. Ich finde, dass
ihre Gedanken durchaus logisch und folgerichtig

sind. Außerdem, ein totes Pferd reitet man nicht. Man steigt ab und nimmt sich ein Neues. Ein makabrer Spruch, aber in dem Fall passend. Ich wünschte, dass er scheitert, damit er sieht, was er an ihr gehabt hat!"

„Rache, Dein Name ist Weib!", erklärtest Du ungerührt, „Ich glaube immer noch nicht, dass er sie wirklich verraten hat."

„Es sind nur mehr ein paar Seiten. Ich hoffe, Du wirst dann zufrieden sein, wenn es endgültig feststeht, dass ich recht habe", entgegnete ich angriffslustig, während ich das Buch wieder zur Hand nahm.

* * *

Ja, ich hatte eine Entscheidung getroffen, aber eine, bei der alle Möglichkeiten offen waren. Schließlich war für den nächsten Tag noch eine Probe angesetzt. Ich beschloss einfach abzuwarten was passierte, ob Du kommen würdest oder nicht. Parallel jedoch begann ich, in aller Verschwiegenheit, einen Pianisten zu suchen. Deshalb gab ich auch nicht einfach ein Inserat auf, denn das hätte auffallen können, sondern ich sah mich einerseits in den entsprechenden Kreisen um und andererseits vertraute ich mich Bekannten an, die durchaus über jeden Verdacht erhaben waren. Allerdings musste ich rasch eine Lösung finden, denn schließlich hatten wir noch diese Woche einen Auftritt zu absolvieren. Deshalb fällte ich auch für den Fall, dass mir weder Du noch irgendein anderer Pianist zur Verfügung stünde, die Entscheidung, erstmals alleine aufzutreten. So war ich für alle Eventualitäten gerüstet und konnte frei schalten und walten. Ich würde niemanden vor den Kopf stoßen und vor allem mein Gesicht wahren. Auch wenn wir ein gewisses Stammpublikum hatten, so ließ sich dieses nicht halten, wenn es nichts geboten bekam, zumal nicht das, weswegen sie gekommen waren.

Noch war nichts passiert, zumindest aus der Sicht des Publikums. Das war das worum ich mir am meisten Sorgen machte. Neben meiner persönlichen Karriere hatte ich Verantwortung übernommen für die Bar und ihre Mitarbeiter. Sie sollten ihren Arbeitsplatz behalten, so wie ich meine Bühne. Es ging gar nicht um mich, zumal ich während der letzten Monate etliche lukrative Angebote erhalten hatte, die ich allesamt ausschlug. Ich wollte bleiben wo ich war.

Am liebsten mit Dir, aber es würde auch ohne Dich gehen.

Davon war ich felsenfest überzeugt. So gewappnet sah ich gar mit einer gewissen Gelassenheit dem nächsten Tag entgegen. Es hing alles von Dir ab. Je nachdem wie Dein Verhalten aussehen würde, so würde ich mein weiteres Vorgehen gestalten. Meine Verwunderung war dementsprechend nicht allzu groß, als Du am nächsten Morgen wieder nicht zur Probe erschienst und ebenso nicht am Freitag. Mittlerweile hatte ich mein Programm derart verändert, dass ich in der Lage war einen ganzen Abend allein zu bestreiten, denn es war zwar möglich einen Pianisten aufzutreiben, doch mehr als zu kurzen Zwischeneinlagen reichte es nicht. Dazu war die Zeit einfach zu kurz. Das war die professionelle Seite. Doch die andere war die persönliche.

Bei allem was ich tat, schwang der Gedanke an Dich mit. Lange bevor wir uns diesen Platz erobert hatten, begannen wir miteinander zu arbeiten, Programme zu schreiben. Wir befruchteten uns gegenseitig, gedanklich. Eine Idee gab die andere. Wir harmonierten miteinander, als wären wir dazu ausersehen gewesen. Ich hatte es Dir auch gesagt, immer und immer wieder. Doch Du hast immer nur gelacht und gemeint, dass wir es auch ohne einander schaffen würden. Nun ja, diese Überzeugung wurde auch in mir immer stärker. Trotzdem bekundete ich wieder und wieder, dass ich das gar nicht wollte. Denn mit Dir zu arbeiten war etwas ganz anderes als alleine.

Während all dieser Jahre hatte ich mir während der Erstellung der Texte vorgestellt, wie sie auf Dich wirken würden. Du warst mein bester Kritiker, und vor allem, Du hattest recht. In dem Bereich nahmst Du Dir niemals ein Blatt vor den Mund. Deshalb nahm ich Verbesserungsvorschläge von Dir gerne an, zumal Kritik jeweils mit der Motivation gepaart, die in Deiner Überzeugung bestand, dass ich es besser könne. Das war mein Motor und meine Kraft. Du brachtest mich dazu, das Beste aus mir herauszuholen. Und wenn Du nicht da warst, wenn Du wahrscheinlich nie mehr da sein würdest, dann würde ich das alles verloren haben, unwiederbringlich.

Dieser Schmerz war so tief wie noch keiner, den ich zuvor erleben musste.

* * *

„Er hat sie tatsächlich im Stich gelassen", sagte ich pathetisch, begleitet von dem passenden Seufzer, „Einfach so hat er sie zurückgelassen, ohne ein Wort!"
„Nun sei mal nicht so theatralisch", erklärtest Du mir trocken, „Es ist nun mal passiert. Wie Du Dich immer in eine Geschichte hineinsteigern kannst, die noch nicht einmal was mit Dir zu tun hat."

„Aber wozu lese ich dann eine Geschichte, wenn ich mich von ihr nicht anrühren ließe?", erwiderte ich prompt, „Ich gebe es zu, ich gehöre zu den Menschen, die sich für die Helden der Geschichte einen glücklichen Fortgang wünschen würden. Sicherlich, es müssen Stolpersteine drinnen sein, Gefahren, die umschifft werden müssen, Schicksalsschläge, die zu verkraften sind und Missverständnisse, die zunächst das Klima verdüstern, aber letztendlich samt und sonders aufgelöst werden und am Schluss alle glücklich sind ..."

„Ja, und wenn sie nicht gestorben sind, dann sind sie noch heute glücklich", fielst Du mir ins Wort, „Das hat doch nichts mit dem wahren Leben zu tun, außer man meint, dass die Löwingerbühne das wahre Leben darstellt."

„Du kannst manchmal wirklich schrecklich gefühllos sein", konnte ich mir nicht verhalten Dir vorzuwerfen.

„Ich habe Gefühle, wo es Sinn macht, wo es um Menschen geht, die mir nahestehen. Wenn Du ehrlich zu Dir selbst bist, musst Du Dir wohl eingestehen, dass Du nicht die ganze Welt retten kannst. Nicht einmal Du. Ganz abgesehen davon wissen wir immer noch nicht Bescheid. Aber lies doch einfach weiter", fordertest Du mich auf, und ich fügte mich Deiner Forderung.

* * *

Du warst wie vom Erdboden verschluckt, schien es. Telefonisch warst Du nicht erreichbar, Briefe blieben unbeantwortet, und selbst ein persönlicher Besuch brachte keinen Erfolg, außer, dass ich ab dem Tag zumindest wusste, dass Du an dieser Adresse nicht mehr anzutreffen warst. Natürlich war ich nicht selbst hingefahren, sondern hatte einen Kellner geschickt. Dieser berichtete mir, dass es so wirkte, als würde in dieser Wohnung niemand mehr anwesend sein. Mittlerweile waren etliche Wochen vergangen. So gut es ging hatte ich mich mit der neuen Situation arrangiert, so gut, dass es beinahe schon wieder alltäglich war.

Der neue Pianist, der Deine Stelle eingenommen hatte, arbeitete sich recht gut ein. Neben den gemeinsamen Auftritten, behielt ich auch die Solo-Auftritte bei, nachdem die Zuschauer auch von mir alleine begeistert waren. Alles war in Ordnung – zumindest wirkte es so.

Ganz und gar nicht war es in Ordnung. Du warst weg, und an Deine Stelle war dieser unheilbare Schmerz getreten, den auch die Zeit nicht lindern wollte. Da war nach wie vor zu viel von Dir in meinem Leben, zu viel Du. Und der Schmerz, der diese offene, schwelende Wunde verursachte, schwächte mich, so dass ich zugänglich wurde, selbst für zweifelhafte Schmeicheleien, allzu zweifelhafte. Plötzlich sah ich mich von Männern umgeben, die ihr Interesse bekundeten, vordergründig an mir, doch in Wahrheit ging es ihnen um die Bar oder um die Teilnahme an meinem Erfolg. Manche agierten sehr dreist und gingen mich offen um Geld an. Andere wiederum suchten sich meine Gunst zu ergaunern. Doch allzu oft war die Wahrheit nur zu offensichtlich. Bis Balduin kam.

Dieser Balduin war ein Student am Konservatorium. Ein gutaussehender, junger Mann mit einem außergewöhnlichen Talent, nicht nur fürs Klavierspielen. Mit dem untrüglichen Gespür eines Bluthundes suchte und fand er meine Schwäche, diese offene Wunde, die Du geschlagen hattest und die ich mir von Dir schlagen ließ. Dabei war er fünfzehn Jahre jünger als ich. Ganz bestimmt bin ich nicht stolz auf diese Affäre, aber sie passierte, und ich kann es nicht mehr ändern. Nur versuchen es zu erklären, das kann ich, und jeder, der je in solch einer Situation war, kann es beurteilen. Aber selbst dann steht es niemandem zu zu urteilen, außer vielleicht dem, der noch nie einen Fehler gemacht hatte.

Alles begann ganz harmlos. Wir probten miteinander, drei Mal die Woche, montags, mittwochs und freitags, zu den selben Terminen wie mit Dir. Wieder etwas was mich an unsere Zusammenarbeit erinnerte. Eines Tages war ich am Ende der Probe völlig erschöpft, so dass sich

Balduin zu mir setzte und mich sachte fragte ob denn alles in Ordnung sei. Ich hatte mit niemandem gesprochen über meinen Schmerz, und eigentlich wollte ich es auch gar nicht. Andererseits war es sicherlich eine zusätzliche Belastung all diese negativen Erfahrungen in mich hineinfressen zu müssen. Immer wieder kamen sie hoch, und ich käute sie durch, immer und immer wieder, wie eine Kuh.

* * *

„Also kannst Du mir erklären, wie man so ungeschickt sein kann?", fragte ich Dich unvermittelt, „Wenn ich meine Schwachpunkte schon so genau kenne, warum muss ich sie dann unbedingt noch zusätzlich strapazieren."
„Vielleicht ist sie eine von den Menschen, die sich gerne im Leiden vergraben", erklärtest Du Deine Mutmaßungen, „So wie sie sich im Glück verlieren, so halten sie es auch mit dem Leid. Sicher wäre es ein Leichtes gewesen die Termine zu verschieben, aber sie wollte es nicht. Und nicht nur das, offenbar hat sie sich dem nächstbesten in die Arme geworfen, die ihr schöne Augen machte."
„Das ist jetzt ungerecht. Sie war eben einsam, allein gelassen, mit all den Problemen und Sorgen, die sie Tag für Tag tragen musste", wandte ich ein, „Wir reden es uns leicht. Wir gehen jeden Tag zur Arbeit, gehen am Abend

nach Hause, und alles was wir zu verantworten haben ist unsere Arbeit. Sonst nichts. Ich meine, alles andere geht uns nichts an, aber wenn Du Verantwortung hast für das Ganze, wenn Du alles tragen musst, auch was andere machen, dann ist das eine ganz andere Situation."

„Na das wird sehr umfangreich sein bei so einer kleinen Pianobar", sagtest Du kopfschüttelnd.

„Du weißt ja gar nicht wie groß sie ist", widersprach ich, „Aber ich werde weiterlesen, weil sie offenbar nicht bereit ist sich in das Offensichtliche zu finden, und wer weiß, vielleicht hat sie ja recht und das Unvorhersehbare geschieht."

* * *

Bis dahin hatte ich auch keine Worte gefunden meinen Schmerz zu beschreiben, jemand anderen zu vermitteln. Es war eigentlich schlimm. Für alles fand ich Worte, nur für mich selbst nicht. Vielleicht hatte ich bisher einfach Angst gehabt, dass es den Schmerz vertiefen würde, wenn ich ihn in Worte kleidete, aber an diesem Vormittag, an dem sich Balduin zu mir setzte und mich nach meinem Befinden fragte, da wandelten sich meine Tränen in Worte, so selbstverständlich, als wäre er schon immer an meiner Seite gewesen. Ich wusste nicht warum, aber irgendetwas sagte mir, dass ich mich ihm anvertrauen konnte. Kopf über Hals warf ich mich in diese Beziehung, mit einer

Leidenschaft, die ich nicht kannte an mir, ja, nicht einmal für möglich hielt.

Drei Monate lang schwebte ich im siebten Himmel. Während dieser Zeit war ich so produktiv wie schon lange nicht mehr. Balduin war genau so wie ich mir den Mann meiner Träume immer vorgestellt hatte. Rücksichtsvoll, verständnisvoll, zärtlich und er zollte mir seine Bewunderung, seinen Respekt. Niemals gab er mir das Gefühl, dass der Altersunterschied ein Problem sein könnte, und auch in der Öffentlichkeit stand er offen zu mir. Es erfüllte ihn mit Stolz an meiner Seite zu sein, sowohl beruflich als auch privat. Er gab mir nicht den geringsten Anlass an seiner Integrität zu zweifeln. Bereits nach kurzer Zeit zog er zu mir. Dennoch blieben wir in der kleinen Wohnung, denn diese genügte für unsere Bedürfnisse vollauf, zumal wir uns relativ selten in diesen Räumlichkeiten aufhielten. Während ich sehr viel Zeit in der Bar verbrachte, studierte er weiter und hatte auch etliche Engagements außerhalb der Bar, was ich ihm gerne zubilligte, denn letztlich sah ich seine berufliche Zukunft nicht an meiner Seite, sondern in den großen Konzertsälen dieser Welt. Dort gehörter er hin. Sicherlich, es bedeutete für mich früher oder später auf einen wunderbaren Partner verzichten zu müssen, zum zweiten Mal, aber diesmal wären es freudige Umstände, die uns trennen würden, zumindest auf der Bühne. So war es gut, so war es richtig.

Ob ich Dich vergessen hätte, oder meinen Schmerz? Vielleicht traten die Gedanken ein wenig in den Hintergrund, im Trubel des Alltags, unter dem Druck des Faktischen, doch es gab auch immer wieder Momente der Stille und der Einsamkeit, zumal, wenn Balduin auswärts gastierte, wenn ich wieder auf mich allein zurückgeworfen war, und sei es nur für eine Nacht, dann tauchte er wieder auf, der Schmerz, mit aller Vehemenz, als wäre er niemals fortgewesen. Ganz nahe unter der Oberfläche lauerte er, immer bereit hervorzuspringen und mir seine verzerrte Fratze zuzuwenden. Und mit dem Schmerz stellte sich noch ein anderes Empfinden ein: das Misstrauen.

* * *

„Das klingt gar nicht gut", unterbrach ich abermals, „Misstrauen, das ist oft der Anfang vom Ende."
„Aber es ist ja nicht so abwegig. Wenn Ilse gerade solch einen herben Verlust erlitten hatte, unter – sagen wir mal moderat – recht merkwürdigen Umständen, dann neigt sie – wie wohl viele andere Menschen auch dazu anzunehmen, es würde ihr wieder passieren", erklärtest Du nachdenklich.

„Oft genügt auch die bloße Möglichkeit um das anzunehmen. Das Problem ist nur, dass dieses Misstrauen Auswirkungen auf das Miteinander zeitigt", erklärte ich entsprechend.

„Du siehst nur, was Du sehen willst. Du verstehst nur, was Du verstehen willst. Und wenn sie sich nur tief genug eingegraben hat in diesen Gedanken, wird alles, was Balduin von da an sagt oder tut entsprechend interpretiert. Das Misstrauen lässt dem Anderen keine Chance. Immer wird sich etwas finden, was in das Schema des ersten Betruges passt", meintest Du sinnend.

„Und wiederum wird es an einem mangeln, am offenen Wort, am Aussprechen der Befürchtungen und Ängste", erwiderte ich.

„Das Problem ist nur, sobald sie es ausspräche, kann er nichts anderes tun, als zu dementieren. Ja, es bietet die Möglichkeit zu einem Frontalangriff, wo er ihr eben jenes Verhalten vorhält, wohl auch zu Recht. Wobei es ohne Belang ist ob das Misstrauen begründet ist oder nicht. Mit dem Aussprechen hat man in diesem Fall immer verloren", gabst Du zu bedenken, „Obwohl mir immer noch nicht ganz klar ist was für Motive Balduin bewegen sich auf eine ältere Frau einzulassen."

„Vielleicht ein Mutterkomplex?", schlug ich vor.

„Aber dass dann seine Mutter noch nie Erwähnung fand, das ist seltsam", wandtest Du ein, doch möglicherweise würden wir es schon bald erfahren.

* * *

Dieses Misstrauen nistete sich ein. Zunächst war es nur ein kleiner Schatten am Horizont, kaum ersichtlich, doch dann ging sein Studium dem Ende entgegen. Die regelmäßigen Lehrveranstaltungen wurden weniger, und er verbrachte nun viel Zeit mit seiner Abschlussarbeit. Er erzählte mir zwar immer sehr ausführlich darüber, aber letztlich verstand ich wohl nicht viel davon. Was für mich relevant war, war die Tatsache, dass er immer mehr Auftritte absolvierte und immer öfter außer Haus war. Auch wenn er nach wie vor alle Verpflichtungen einhielt, musste ich dennoch ungewohnt häufig seine Abwesenheit ertragen, und da ergriff diese kleine, üble Gestalt, die sich zunächst nur wie ein Schatten im Hintergrund gehalten hatte, immer festere Formen, kam aus dem Hintergrund hervor und drängte sich ins Zentrum meines Denkens. Dazu kam noch, dass ich merkte, wie über uns getuschelt wurde. So ein junger, fescher Bursche mit solch einem überragenden Talent, lässt sich auf eine Vorstadtkünstlerin ein, die noch dazu so viel älter ist als er, hieß es da. Oder anderswo, dass ich so alt aussähe, dass mich manche für seine Mutter hielten. Die Tatsache, dass ich wohl seine Mutter sein hätte können, das begann an

mir zu nagen. *Die naheliegende Antwort wäre
wohl, dass er ein besonders inniges Verhältnis zu
seiner Mutter hatte, und diese wohl in einer
Beziehung suchte, doch das war nur die eine Seite.
Die andere war unsere Zusammenarbeit, und das
stimmte leider auch, dass er sich eigentlich auf ein
Niveau begab, das seiner nicht würdig war.
Überdeutlich sah ich es vor mir. So sprach ich ihn
an, auf seine Mutter, doch er antwortete nur
ausweichend, meinte, er hätte sie vor vielen
Jahren bereits verloren und wollte darüber nicht
sprechen. Nicht einmal mit mir wollte er darüber
sprechen, wo ich doch seine engste Vertraute war.
Und wieder ließ das Misstrauen grüßen.*

*Auch wenn er hunderte Male beteuerte, dass er
mich als Mensch schätzte und liebte, und es ihm
ganz einerlei sei, dass ich älter wäre als er, all das
konnte mich nicht restlos überzeugen und schürte
meinen Argwohn mehr, als dass sie ihn
besänftigten, doch was hätte ihn überhaupt
besänftigt.*

*Ich hatte den Eindruck, als könnte er sagen was
er wollte, in allem fand ich nur eine Bestätigung
meiner Befürchtungen. Nach seinen Absichten,
den wahren Absichten im Bezug auf unsere
Zusammenarbeit, wagte ich ihn nicht zu befragen.
Wahrscheinlich weil ich Angst vor der Wahrheit
hatte. Vielleicht hatten die Leute ja recht mit der
Vermutung, dass er sich von mir aushalten ließ,*

bis er auf eigenen Beinen stehen konnte, wenn er nicht gar auf das Lokal spekulierte, quasi als Rückversicherung, falls es mit seiner Karriere als Künstler nicht klappen sollte. Während all dieser Zeit fühlte ich mich wie jemand, der auf einem schmalen Bergkamm dahinging, immer schwankend zwischen Bangen und Hoffen.

Wenn er da war, war jeder bange Gedanke zerstreut. Seine bloße Anwesenheit verscheuchte das Monster, das sich dennoch ungehindert in mir breit machte, da er zu selten da war um es ganz zu vertreiben. Aber wenn er da war, dann gab er mir in allem was er tat das Gefühl, ich wäre wirklich und wahrhaftig der Mittelpunkt seines Lebens. Während all dieser Monate durfte ich kosten was Glück bedeutete, doch das durfte ich schon einmal, bis es abrupt endete, und so sehr ich mir auch einredete, oder einzureden versuchte, dass das eine mit dem anderen nichts gemein hat, so wenig vermochte ich mich selbst zu überzeugen.

Ich versuchte den Moment zu genießen, in diesem Glück zu bleiben, doch immer wieder ertappte ich mich dabei, wie meine Gedanken vorauseilten, in eine ungewisse Zukunft, die sich für mich immer schwärzer färbte, ohne Anlass und ohne Notwendigkeit. Es sprach ja nichts dagegen, dass es so weiterging wie bisher. Das wusste ich. Schwerer wog jedoch, dass auch nichts dagegen

*sprach, dass es nicht so weiterging. Doch noch
ließen sich die Geister zurückdrängen, bis sich für
sie die Gelegenheit ergab nun endgültig
durchzubrechen und das Ruder an sich zu reißen,
und diese Gelegenheit bestand darin, dass Balduin
mich wegen einer kleinen Tournee vier Wochen
alleine lassen musste.*

*Vier ganze Wochen. Wie sollte ich diese heil
überstehen. Tagsüber, das war kein Problem,
denn ich hatte meine Arbeit. Jeder Tag war für
sich durchgeplant und exakt eingeteilt, doch
nachts, wenn es ruhig wurde und keine Pflichten
mehr riefen, dann tauchten die bösen Gedanken
auf, die Sehnsucht und die Verzweiflung. Selbst
wenn ich todmüde ins Bett fiel, so fand ich doch
den Schlaf nicht. Es war, als würde er mich nicht
nur meiden, sondern gar fliehen. Und die
Gedanken lasteten schwer auf meiner Seele,
schnürten mir die Brust ein und die Luft ab. Nach
und nach schlossen sich die Fenster zur
Außenwelt und meine Einsamkeit wurde durch
den Wunsch ihr zu entkommen, verstärkt. So
musste wohl einem Drogensüchtigen zumute sein,
der umso mehr an seiner Droge hinge, desto mehr
er versuchte sie aus seinen Gedanken zu
verscheuchen. Und letztendlich ging es immer nur
um die eine Frage: Wo bist Du? Warum nur hast
Du mich so unvermittelt im Stich gelassen? Doch
dann, es war kurz nach Balduins Abreise, fand ich
einen Zettel in einer seiner Jeans, die er mir*

achtlos in die Wäsche geworfen hatte. Trotz meines immer wieder aufkommenden Misstrauens war ich noch nie auf die Idee gekommen seine Taschen zu durchsuchen, doch ich wusste, dass Balduin schlampig war. Es war nichts weiter als ein kleiner Notizzettel, ungelenk von einem größerem Blatt Papier abgerissen. „Morgen um 16.00 Uhr am üblichen Ort. M.", stand darauf, in einer ausladenden, mit unnötigen Schnörkeln versehenen Schrift, die die Lesbarkeit nicht unbedingt unterstützten. Eindeutig eine Frauenschrift, stellte ich für mich fest.

Doch wer mochte das sein? Und vor allem, welches Morgen war da gemeint? Das konnte nur bedeuten, dass er sich mit einer anderen traf und das hinter meinem Rücken. Sicherlich nicht zum ersten Mal, denn sie hatten bereits einen Ort, den die Unbekannte, die Rivalin als „üblich" bezeichnen konnte. Rasch warf ich einen Blick auf die Uhr. Es war zehn Uhr vormittags. Am Vortag war er zu Hause gewesen und hatte gearbeitet. Ich entschloss mich zu handeln. Er verkündete mir, dass er an diesem Nachmittag um vier noch einen wichtigen Termin in der Hochschule hätte. Sofort stieg ich drauf ein und gab vor, gleichfalls außer Haus zu tun zu haben. Kurz vor ihm verließ ich das Haus, doch anstatt wegzufahren bezog ich meinen Beobachtungsposten, und sobald er ebenfalls das Haus verlassen hatte, heftete ich mich an seine Fersen, inständig hoffend, dass er *sich nicht umdrehen würde, doch er legte seinen Weg heiter und fidel zurück, ohne sich im mindesten um seine Mitmenschen zu kümmern. Er war wohl so voller Vorfreude, dachte ich betrübt.*

Zuletzt bog er in einen Hausflur ein – und es war dasselbe Haus, in dem Du gewohnt hattest. Sobald Balduin im Flur verschwunden war, ging ich zu den Klingeln, die feinsäuberlich aufgereiht waren, adrett mit Namensschildchen versehen, doch dieses lautete immer noch auf „Hans Voller". Irritiert wandte ich mich den Fenstern zu, die auf die Straßenseite wiesen, und da sah ich ihn, Balduin, in enger Umarmung mit einer blonden Frau in Deiner Wohnung. Es war das zweite Mal, dass ich Hals über Kopf davonrannte, ohne einen klaren Gedanken fassen zu können. Wiederum musste ich eine Entscheidung treffen. Es schien ein feststehendes Muster in meinem Leben zu sein, hintergangen und betrogen zu werden.

* * *

„Schon wieder ist es passiert", entfuhr es mir seufzend, voller Mitgefühl für diese Frau, die ich mittlerweile ins Herz geschlossen hatte, „Warum nur sind die Männer so grausam?"
„Und schon wieder vernebeln Deine Gefühle Deinen klaren Menschenverstand", entgegnetest Du unberührt, „Wir wissen nur, dass er sich mit

einer Blondine getroffen hat, heimlich zwar, aber vielleicht ist die Erklärung dennoch recht harmlos."

„Wie könnte bitte schön solch eine harmlose Erklärung aussehen?", fragte ich gereizt.

„Vielleicht ist es seine Mutter oder seine Schwester oder bloß eine alte Freundin aus Kindertagen, was weiß denn ich", gabst Du achselzuckend zurück.

„Und warum muss er es dann verheimlichen?", trumpfte ich nun auf.

„Sie hätte ihn doch einfach fragen können, aber nein, gnä Frau zieht es ja vor immer gleich Hals über Kopf davonzulaufen. Sie gibt ihm doch keine Chance sich zu erklären", meintest Du patzig, und ich musste mir selbst eingestehen, dass Du vielleicht nicht unrecht hattest, aber anmerken durfte ich mir das nicht lassen. Deshalb las ich weiter.

* * *

Diesmal jedoch war mein Entschluss schneller gefasst. Rasch packte ich seine Sachen, sobald ich wieder zurück war und ließ sie zu der Adresse liefern, die Deine gewesen war, einstmals. Kurz dachte ich daran, einen Brief zur Erklärung beizulegen, unterließ es jedoch. Nicht, dass Balduin mir zum allen Überfluss auch noch vorwarf, ich hätte ihn ausspioniert.

Jetzt war ich wieder ganz alleine, doch es hatte auch seine Vorteile. Ich lernte daraus, niemandem mehr zu vertrauen. Dafür stürzte ich mich Hals über Kopf in die Arbeit, nicht mehr in irgendwelche Freundschaften oder gar Liebschaften. Natürlich hat Balduin versucht mit mir in Kontakt zu treten. Aber ich ließ es nicht zu. Er wollte sich ja doch bloß rausreden, wollte mir weiß Gott was vorspielen. Davon war ich felsenfest überzeugt. Bitter wurde mir klar, dass er es wirklich nur auf die Möglichkeiten abgesehen hatte, die ich ihm bot.

Die Arbeit in der Pianobar und das sorglose Leben, das ich ihm finanzierte. Dafür hatte er als Gegenleistung nichts weiter zu tun als ein wenig lieb zu mir zu sein. Und wenn es ihm zu beschwerlich wurde mir den anhänglichen, verständnisvollen Liebhaber und Freund vorzuspielen, dann ging er zu seinem kleinen Flittchen, um Kraft zu tanken für diese schwere Aufgabe eine alte Frau zu umgarnen, ihr nach und nach ihr Geld aus der Tasche zu ziehen, dachte ich bitter. Vielleicht hatte sich die Kleine ja auch schon beschwert, doch Balduin schaffte es sie zu vertrösten.

„Nur noch eine kleine Weile, meine Süße", hörte ich seine zuckersüße Stimme in meinem Kopf, „Dann habe ich sie weichgeklopft und alles gehört

uns. Bis dahin muss ich es noch ertragen. Meinst Du, das ist leicht für mich?"

Daraufhin würde sie ihn in die Arme nehmen und trösten von den Bitternissen seines Lebens. In allen erdenklichen Facetten malte ich mir Balduins Zusammensein mit der Blondine aus. Dieses mich Ergehen in meinen seelischen Qualen trug schon eine gewisse masochistische Note, und dennoch stellte es sich als der beste Weg heraus, denn indem ich den Schmerz immer wieder aufs Neue durchlitt, ihn immer eindringlicher zuließ, vollzog sich eine Wandlung, eine Wandlung des Schmerzes in Wut, abgrundtiefe, überschäumende, alles unter sich begrabende, jedes für ihn je vorhandene Gefühl vernichtende Wut. Eine Wut, die mich blind machte und den letzten Funken von Empathie betäubte, die mich jedoch auch rettete vor mir und meinen törichten Empfindungen.

Was war ich doch für ein Idiot gewesen!
Wie hatte ich mich doch hinters Licht führen lassen!

Wie ein Teenager, der noch nicht trocken hinter den Ohren ist, ließ mich vorführen wie ein törichtes kleines Mädchen, und es gab nichts was ich vor mir selbst als Entschuldigung gelten ließ, nichts, was mich selbst befreite. Ich war auf ihn hereingefallen, blindlings, doch eines schwor ich

mir, solch ein Fehler würde mir nie mehr wieder
passieren. Niemals wieder würde mich jemand für
seine Zwecke missbrauchen. So wurde ich hart
und unnahbar.

* * *

„Gott wie pathetisch!", entfuhr es Dir
unwillkürlich, als ich das Buch kurz weglegte um
einen Schluck von meinem Tee zu trinken, „Sie
ist schon ziemlich hysterisch unsere liebe Ilse."
„Du bist so was von unsensibel. Sie macht einen
Schicksalsschlag nach dem anderen durch, und
Du bist ihrem Schmerz gegenüber vollständig
unempfindlich", entgegnete ich energisch und
auch ein wenig enttäuscht, „Da passieren ihr
solche Sachen, und dennoch hat sie ihr Leben
voll im Griff. Eigentlich bewundernswert, und
darüber hinaus therapiert sie sich auch gleich
selbst."
„Nein, sie hat keine Schicksalsschläge, sie
konstruiert sie, als würde sie das Unglück
brauchen um weiterzumachen. Manche
Menschen sind so", erklärtest Du ungerührt,
ungerührt gegenüber meinen Vorwürfen wie
gegen meine Enttäuschung, die ich doch nur
allzu deutlich zum Ausdruck brachte. „Denk mal
nach", setztest Du hinzu, sichtlich um
Beruhigung bemüht, „Sie hat Dinge beobachtet
und hat aus den Beobachtungen Schlüsse
gezogen, aber sie hat sich niemals direkt gestellt.

Immer ist sie davongelaufen und stellte ihre Interpretation der Ereignisse als die einzig mögliche dar."

„Nun, wir werden sehen", entgegnete ich lapidar, um meine Lektüre wieder aufzunehmen.

* * *

Auftritt an Auftritt drängte sich. Immer wieder bekam ich Anfragen auch in anderen Lokalen aufzutreten, denen ich nur allzu gerne nachkam, zumal mich in der Pianobar die Erinnerungen zu ersticken drohten, die Erinnerungen an Verrat und Betrug. Zum Glück geschah es nur selten, denn meistens überwog die Freude an den Auftritten, die sich nicht minderte, sondern immer größer wurde, desto länger ich meiner Tätigkeit nachging.

Beruflich schritt ich von Erfolg zu Erfolg. Wenn ich auswärts gastierte, vertraute ich die Leitung Franz Frenzel an, einem langgedienten Mitarbeiter des Hauses und einem äußerst beeindruckenden Mann. Vor nunmehr zwanzig Jahren hatte er als Aushilfe in der Pianobar zu arbeiten begonnen. Rasch erwarb er das Vertrauen von Horst Hentschel, nicht nur durch seinen Arbeitseifer und seine Einsatzfreude, sondern auch durch sein ruhiges und sicheres Auftreten und seinem Umgang mit den Gästen. Er besaß die Gabe selbst mit den schwierigsten

Gästen auf eine Art umzugehen, die sie zugänglich machten. Beschwerden wandelte er in ein Wohlgefühl. Dazu trug wohl auch seine imposante Erscheinung bei.

Dieser großgewachsene Mann mit den sanften braunen Augen wirkte beruhigend, so dass es niemals zu einer handgreiflichen Auseinandersetzung kam. Nach und nach avancierte er auf diese Art zu meiner rechten Hand, dem ich getrost das Lokal und das laufende Geschäft anvertrauen konnte. Was hätte ich in dieser Zeit nur ohne ihn gemacht? Er war unverheiratet und stand – so wie ich – ganz alleine in der Welt. Seine Eltern hatte er früh verloren. Nach und nach wurde er von einer Pflegefamilie zur nächsten weitergereicht. Nicht, weil er sich schlecht benommen hätte, sondern weil er mehr oder weniger eine Zwischenlösung für adoptionswillige Paare bedeutete, die ihn so lange behielten, bis ihnen doch noch ein Säugling zugesprochen wurde. Sobald er selber Geld verdienen konnte, tat er dies. Sein Ziel war es, von niemandem mehr abhängig zu sein und so lange er lebte seinen Lebensunterhalt selbst zu bestreiten.

Ich hatte den größten Respekt vor diesem Mann, der in seinem Leben schon so viel durchgemacht hatte, und dennoch nicht von seinem Weg abkam. So entwickelte sich im Laufe der Zeit eine enge

Freundschaft zwischen Franz und mir, die aber niemals die Grenze des Schicklichen übertrat. Endlich hatte ich jemanden gefunden, der mich loyal unterstützte, auf den ich mich blind verlassen konnte. So sorgte er auch dafür, dass mir Balduin nicht zu nahe kam. Wann immer er es versuchte, wurde er von Franz abgewimmelt. Das Letzte, was ich in dieser Situation brauchen konnte, war eine weitere Enttäuschung.

* * *

„Ich bin so froh, dass Ilse zumindest einen Menschen hatte, dem sie sich anvertrauen konnte", sagte ich lächelnd, und aufatmend ob der positiven Wendung des Geschehens. „Sicherlich kann einem nichts Besseres passieren als einen guten, loyalen Freund zu haben. Und dieser hat sich offensichtlich schon seit längerer Zeit bewährt", stimmtest Du mir ausnahmsweise zu, „Ich habe mich auch schon gewundert wie sie all die Arbeit alleine meistert. Weil bis jetzt hatte man den Eindruck, als führte sie ein Ein-Mann-Unternehmen, und wenn sonst noch wer da war, dann höchstens in der Rolle des Statisten, des Handlangers."

„Ein-Frau-Unternehmen, wenn ich bitten darf", warf ich lächelnd ein, um dann, ernster werdend, hinzuzusetzen, „Aber Du hast recht. Irgendwie beschleicht mich langsam das Gefühl, als würde unsere liebe Ilse die Menschen in ihrer Umgebung einzig als Mittel zum Zweck betrachten, als Mittel für ihre Zwecke. Sie diktiert die Bedingungen, und die Grenze zur Enttäuschung, ist sehr eng gesetzt. Vielleicht ist sie ja doch nicht so ganz unschuldig an den Ereignissen."

„Du darfst auch nicht übersehen, dass so ein Tagebuch eine einseitige Sicht der Dinge abbildet. Wir müssen hinnehmen was sie uns erzählt", ergänztest Du nachdenklich.

„Aber vielleicht können wir das noch ändern", erklärte ich forsch, um dann erneut die Lektüre wieder aufzunehmen.

* * *

Franz und ich waren also beruflich ein eingespieltes Team. Alles ging seinen Gang, und ich war mit meinem Leben recht zufrieden. Wiewohl an Bescheidenheit gewohnt, hätte ich nicht zu sagen vermocht, was ich mir mehr hätte wünschen können. Ruhig und angenehm war es, und deshalb genau das, was ich mir immer gewünscht hatte.

Sicherlich, ich hätte mir einen Partner an meine Seite gewünscht, doch ich war mir bewusst, dass es in diesem Leben kein vollkommenes Glück gab, gar nicht geben konnte. Darüber hinaus war ich wohl auch immer schon ein wenig abergläubisch gewesen, so dass ich Angst hatte, dass mir selbst das noch genommen werden würde, würde ich unbescheiden und maßlos werden.

Das stille, kleine Glück, die Erfüllung meiner Tage mit einer Tätigkeit, die mich beglückte, dass war genau das, was ich mir gewünscht hatte. Wohl hatte ich es erleben dürfen, wie es aussehen könnte, das vollkommene Glück, doch es war zerbrochen. So schnell konnte das gehen, wie ein Schlag ins Gesicht. Wie klein und zerbrechlich unser Glück doch ist. Viel Kraft und Zeit kostet es, dieses zu erlangen, und dann genügt oft ein kurzer, kleiner, unscheinbarer Moment, der alles vernichtet und uns gebrochen zurücklässt.

Ich wollte das Schicksal nicht herausfordern und mich bescheiden, nur mit dem was ich hatte. Niemals mehr musste ich frieren, niemals mehr hungern, ging mir durch den Kopf, und da war es wieder, Dein Lächeln, das mich immer so motiviert hatte, mich angestachelt hatte, mein Bestes zu geben. In allem was ich tat, war die Messlatte hoch gelegt, und ich erklomm sie, dank dieses aufmunternden Blickes. So lange war es her, dass ich ihn zum letzten Mal sehen durfte, doch er begleitete mich durch all die Jahre, zumeist wohl unbewusst, doch langsam wurde das Bild wieder klarer und näher.

Der Schmerz war verflogen, und zurück war nur eine sanfte Wehmut geblieben. Allzu lange hatte ich gedacht, ich wäre auf Dich angewiesen. Mittlerweile hatte ich jedoch bewiesen, dass ich mein Leben allein zu meistern imstande war. Aber es geht nicht allein ums Können. So vieles kann man – aber es ist nicht das Einzige auf das es ankommt. Es ist ein anderes, ein unbekümmertes Erreichen, wenn es einem im Miteinander gelingt. Doch trotz meiner Bescheidenheit, war es wiederum das Schicksal, das mir einen Strich durch meine wohlgesetzte und ausgeklügelte Rechnung machte, einen Strich, der mein restliches Leben auf den Kopf stellen würde, und dieser Strich war ein Baby, das in meinem Bauch wuchs.

Lange Zeit hatte ich versucht die Vorzeichen zu ignorieren, doch irgendwann war es nicht mehr möglich diese zu leugnen. Ich musste mir eingestehen, ich war schwanger, und Balduin, der mich so schnöde hintergangen hatte, er war der Vater. Was sollte ich nur tun? Wie sollte ich mein Leben weiterführen, in dem kein Platz für ein Baby war, das meine ganze Kraft und Aufmerksamkeit fordern würde?

* * *

„Aber das ist nun eindeutig ein Schicksalsschlag, den man nicht falsch interpretieren kann", erklärte ich energisch, „Er ist weg, warum auch immer, und sie sitzt da mit einem Kind. Schöne Bescherung."

„Schicksalsschlag, Bescherung – ist schon interessant wie Du ein heranwachsendes Leben bezeichnest", entgegnetest Du überrascht, „Erstens einmal ist dieses Baby das letzte, das etwas dafür kann. Aber warum sieht man immer sofort und an erster Stelle die negativen Seiten, und nicht die positiven, die ein neuer, einzigartiger Mensch mit sich bringt?", gabst Du zurück.

„Weil ihr Männer es euch immer leicht redet. Wie wunderbar es ist doch Mutter zu sein und Leben weiterzugeben und so weiter, und wenn die Lobeshymnen ausgesungen sind, dann dreht ihr euch um und lebt euer Leben weiter, so, als wäre nichts passiert, und die Frauen, die müssen schauen wie sie damit fertigwerden, und das macht ihr mit aller Selbstverständlichkeit und dem Segen der Gesellschaft, weil es eben so gehört. Es ist wie es ist", entgegnete ich energisch, „Aber ich bin überzeugt, dass Ilse auch das meistert."

* * *

Zunächst war ich völlig außer mir. Darüber hinaus würde es wohl nicht mehr allzu lange dauern, bis es alle sehen konnten. So eine Schwangerschaft ließ sich doch auch nicht für immer verheimlichen. Am meisten schmerzte mich wohl zunächst die Aussicht, dass ich nun etwas haben würde, was mich für den Rest meines Lebens an diese entwürdigende Episode in meinem Leben erinnern würde, an die mit Balduin. Bereit sie so schnell wie möglich zu vergessen, sie endgültig hinter mir zu lassen, war ich nun gezwungen Tag für Tag daran zu denken. Gründlich war ich gewesen beim Zusammensuchen seiner Sachen, beim Entfernen all dessen, was mich an ihn erinnerte, bis hin zu seinem Kaffeebecher. Gründlich war ich gewesen beim Spurenverwischen. Ich war sogar soweit gegangen, die ganze Wohnung neu ausmalen zu lassen und so gut es ging die Möbel zu erneuern. Es hatte eine durchaus katharsische Wirkung gezeigt, hatte mich innerlich gereinigt und befreit, indem ich meine nächste Umgebung reinigte und befreite von einer unliebsamen Person.

Wie hatte er sich doch eingenistet? Wie die Made im Speck. Nein, besser noch, wie ein Parasit im Wirtstier, das er nun langsam von innen her ausfressen würde, bis nichts mehr da war von diesem. Aber ich hatte es noch rechtzeitig bemerkt.

Mit Heiratsgedanken hatte ich mich bereits getragen, ja, ich erwog sogar ihm die Hälfte der Bar zu überschreiben. Letztlich musste ich dem Schicksal dankbar sein, dass es mir noch vor dem

*Ergreifen dieser Maßnahmen seinen Zeigefinger
gehoben und mich darauf hingewiesen hatte.
Rechtzeitig noch, gerade eben noch rechtzeitig
gelang es mir diesen blutsaugenden Ekel von
meinem Körper abzulösen. Nicht ohne, dass er ein
großes Stück Fleisch daraus gerissen hätte, doch
das war eine Kleinigkeit im Gegensatz zu dem,
was mir alles noch geblüht hätte, wenn ich diese
Verwundung nicht auf mich genommen hätte.
Aber er hatte vorgesorgt. Äußerlich hatte ich
mich erfolgreich seiner entledigt, aber da hatte er
unbemerkt schon seinen Samen in mich gestreut
und dieser hatte fruchtbaren Boden gefunden um
zu sprießen und zu wachsen. Das war sein
makabres Abschiedsgeschenk gewesen.*

*Und es war mir, als würde mich sein hämisch
grinsendes Gesicht begleiten. So ist es wohl nicht
all zu schwer nachzuvollziehen, dass mein erster
Gedanke war, mich dieses Kindes zu entledigen,
das ich nicht wollte, das ich niemals gewollt hatte,
doch ich musste erfahren, dass es nicht mehr
möglich war.*

*„Frau Frei", sagte der Arzt damals,
freudestrahlend, als würde er diese Nachricht
zum ersten Mal überbringen oder als wäre er
jedes Mal aufs Neue überwältigt davon, „Ich freue
mich Ihnen mitteilen zu dürfen, dass sie bereits in
fünf Monaten entbinden werden. Ihre Werte sind
hervorragend, so dass ich überzeugt davon bin,*

*Sie werden ein kerngesundes Kind zur Welt
bringen." Sichtlich irritierte ihn, dass ich
keinesfalls positiv auf diese Nachricht reagierte.
„Aber, aber, wer wird denn da weinen? Sehen Sie,
ich habe selbst vier Kinder, und es ist das Beste,
was Ihnen passieren kann. Es geht doch nichts
über das Wunder des Lebens!", versuchte er mich
aufzumuntern.
„Und, sitzen Sie Tag und Nacht bei Ihren Kindern,
umsorgen und behüten Sie diese?", fragte ich,
meine Tränen trocknend. Verdutzt sah er mich an,
und ich dachte, seine Augen sind noch die eines
Kindes. Er war gerade mal vierzig, schätzte ich,
hatte ein freundliches, gewinnendes Wesen und
ging wohl so in seiner Tätigkeit auf, wie ich in
meiner, nur dass es für ihn wohl
selbstverständlich war, dass er nach wie vor
seiner Tätigkeit nachging und sich seine Frau um
das Wunder des Lebens kümmerte, wie er sich
ausdrückte. Wortlos stand ich auf und ließ den
Arzt verdutzt zurück.*

*Nur noch fünf Monate hatte ich also Zeit. Es war
eindeutig zu spät für eine Abtreibung, so dass ich
nun überlegen musste wie ich mein Leben regeln
würde, wenn das Baby einmal da wäre. Ich
wusste, alleine würde ich es nicht schaffen. Ich
musste mir Unterstützung suchen, doch zuerst
wollte ich mit jemanden reden. Doch wen konnte
ich mich in dieser Situation anvertrauen? Ich
hatte doch niemanden.*

Hatte ich wirklich niemanden? Als ich nach dem Arztbesuch die Pianobar betrat, empfing mich Franz mit seiner gewohnten, ruhigen Heiterkeit. Sein untrügliches Gespür sagte ihm sofort, dass etwas mit mir nicht stimmte, doch sein Einfühlungsvermögen gebot ihm offenbar ebenso nicht in mich zu dringen. Stattdessen erbot er sich mir einen Tee zuzubereiten, denn er war zweifelsohne der Ansicht, dass Tee vieles ausgleichen konnte. Wenige Minuten später stellte er eine Kanne Kräutertee auf den Tisch, woraufhin er sich anschickte zu gehen, doch ich bat ihn sich zu mir zu setzen. Er drängte nicht, er war einfach präsent. Und diese Präsenz tat mir gut.

Ich hatte niemanden, dem ich mich anvertrauen konnte, hatte ich gedacht, und in diesem Gedanken lag wohl auch eine gewisse Panik, aber als Franz da so saß, mich ansah, mit seinen freundlichen, dunklen Augen, da wusste ich plötzlich, dass ich mich geirrt hatte.

„Ich bin schwanger", presste ich kurz hervor, zunächst die Augen fest auf den Boden gerichtet, als müsste ich mich dafür entschuldigen, doch als er nichts sagte, hob ich langsam den Blick, um zumindest in seinen Zügen zu lesen was er dachte oder es allenfalls zu versuchen. Erst als mein Blick den seinen traf, brach er das Schweigen.

95

„Eigentlich ist das wunderbare Nachricht. Eigentlich ist es das schönste Geschenk, denn es ist ein Geschenk des Lebens an sich selbst", begann er langsam, offenbar seine Worte sorgfältig wählend, abwägend, „Andererseits ist es wohl auch ein Ereignis, das unser gesamtes bisheriges Leben in Frage stellt, das alles durcheinander wirft und keinen Stein auf dem anderen lässt. Es kann einen schon mit Angst, wenn nicht gar mit Schrecken erfüllen, wenn man von einem auf den anderen Tag für einen Menschen verantwortlich ist, und zwar in allen Aspekten, gefordert wird, mit Haut und Haar."

Er hatte den Nagel auf den Punkt getroffen. Es schien mir, als könnte er in meinem tiefsten Inneren lesen, als hätte er einen direkten Zugang zu meiner Seele. Hatte ich mich bis dahin allein und verlassen gewähnt, so wurde ich jetzt eines Besseren belehrt. Ohne auch nur einen Moment zu zögern, bot er mir seine Unterstützung an. Natürlich war er mir in der Bar bereits bisher eine große Hilfe gewesen. Er war also durchaus in der Lage das Geschäft ohne mich weiterzuführen. Darüber brauchte ich mir jedenfalls keine Sorgen zu machen. Um nun die Zeit, die ich auf der Bühne verbrachte – und das wollte ich mir auf keinen Fall nehmen lassen – zu überbrücken, schlug er vor ein zuverlässiges Kindermädchen zu engagieren.

Die Wolken hatten sich verzogen, und die Zukunft lag plötzlich wieder frei vor mir. Vielleicht hatte er ja recht. Vielleicht könnte es so zu schaffen sein. Seine Zuversicht wirkte ansteckend, zumal er sich nicht hinter leeren Worthülsen versteckte, sondern konstruktive Wege zur Bewältigung dieser Situation aufzeigte. Vielleicht schwang auch seine eigene Geschichte mit, die ihm gelehrt hatte wie schwer es für ein Kind ist gänzlich ohne Eltern aufzuwachsen oder Menschen, die sich bis in die letzte Konsequenz für dieses Kind verantwortlich fühlten.

Langsam lernte ich auch dieses werdende Leben in meinem Körper als eigenständiges Wesen zu betrachten. Sicherlich, Balduin war sein Vater, genauerhin, sein biologischer Vater, aber es war unabhängig davon, ein eigenberechtigtes Leben, das ebenso wie jeder andere einen Anspruch auf ein geglücktes Leben hatte, oder zumindest darauf, dass ihm alle Voraussetzungen geschaffen wurden, dieses zu erringen. Und dazu gehörte, als ersten Schritt, dass es geboren wurde und ein zu Hause vorfand. Kurze Zeit später zog Franz in die kleine Wohnung, die ich bis dahin bewohnt hatte, während ich die große Wohnung bezog. So fühlte ich mich sicher und aufgehoben. Jederzeit war jemand da, der mir helfen konnte, wenn es notwendig war.

* * *

„Das sind doch mal gute Neuigkeiten", sagte ich erfreut, „Jetzt wird sich endlich alles zum Guten wenden! Verdient hätte sie es sich."

„Jeder Mensch hat es sich verdient, dass er glücklich ist", erwidertest Du, Dich in Allgemeinplätzen verlierend, gegen die ich von jeher eine Abneigung hegte, zumal sie zumeist dazu dienen sich zu äußern, und doch nichts zu sagen, „Aber wir werden hören wie es weitergeht. Ich möchte mir an dieser Stelle noch kein Urteil erlauben. Ich habe nur den Eindruck, dass sie ein wenig zu blauäugig an die Sache herangeht."

„Woher willst Du das denn wissen?", fragte ich spöttisch.

„Ich habe, wie Du ja weißt, fünf Geschwister. Ich bin der Älteste, und so weit ich mich zurückerinnern kann, musste ich mich um meine Geschwister kümmern. Meine Mutter war, nun ja, sie war ein wenig eingeschränkt in ihrer Fürsorgefähigkeit", erklärtest Du leise, doch nachdrücklich, und mir kam mit Schrecken zu Bewusstsein, dass ich Dich offenbar viel weniger gut kannte, als ich immer gedacht hatte.

„Es tut mir leid", gestand ich kleinlaut, da mir in dem Moment bewusst wurde wie wenig ich mich bisher für Dich interessierte, wie sehr ich mich doch oft in den Mittelpunkt spielte.

„Es braucht Dir nicht leid zu tun, denn Du kannst nichts dafür. Andererseits war es sicherlich auch eine gute Schule, auch dafür nicht zu schnell zu urteilen", erklärtest Du bestimmt, und ich erwischte mich sofort wieder, denn mein erster Gedanke war, dass Deine Mutter womöglich dem Alkohol zu sehr zugesprochen hatte oder etwas ähnlichem, dass sie nicht in der Lage war sich zu kümmern. Beschämt las ich weiter.

* * *

Alles schien sich nun wirklich zum Guten gewendet zu haben. Franz unterstützte mich, übernahm also die Funktion, die eigentlich Balduin eingenommen haben sollte. Ich erwog wohl auch ihn zu informieren, aber ich verwarf diesen Gedanken sofort wieder, weil ich die Folgen fürchtete.

Entweder würde er die ganze Verantwortung auf mich schieben, was nichts an meiner Lage geändert hätte, oder er würde sich genötigt fühlen den Ritter zu spielen und zu mir zurück zu kehren, und das wollte ich noch viel weniger, dass er sich wegen des Kindes verpflichtet sah mit mir zu leben. Oder er würde es als Chance sehen sich wieder in mein Leben zu schleichen, um nun auf diesem Umweg doch noch zu erreichen, was er von Anfang an erreichen wollte.

Ich brauchte keinen Mann, der aus bloßem Mitleid und Pflichtgefühl oder mit anderen

Hintergedanken bei mir blieb. Mit diesem Kapitel hatte ich abgeschlossen. Ich ging daran ein Kinderzimmer einzurichten, und diese Tätigkeit, die dazu diente dem neuen Erdenbürger willkommen zu heißen, ihm ein zu Hause zu schenken, spülte nach und nach alle trüben Gedanken weg, und zurück blieb eine Vorfreude, die umso größer wurde, desto näher der Tag der Ankunft rückte.

Advent – zum ersten Mal in meinem Leben füllte sich mir dieses Wort mit einer existenziellen Bedeutung. Hatte ich zunächst den Gedanken gehabt dieses Kind zu ermorden, so war ich, kaum zwei Monate später, so überwältigt von der Vorfreude, dass ich es kaum mehr erwarten konnte es endlich in meinen Armen zu halten. Noch nie war ich mir der Ambivalenz der Zeit so sehr bewusst geworden wie in diesen Monaten. Einerseits war ich natürlich nach wie vor ausgefüllt mit meiner bisherigen Tätigkeit. Darüber hinaus wurden auch sämtliche Mitarbeiter instruiert wie sich die Dinge ändern würden, wenn das Baby erst einmal da wäre, doch letztlich waren die Veränderungen aus ihrer Sicht nicht allzu gravierend, nachdem ich schon seit Längerem vieles an Franz delegiert hatte. Aber ich erlebte einen Zuspruch, den ich niemals für möglich gehalten hatte. Es war mir, als wandelte ich mich in ihren Augen erst jetzt zu einem richtigen Menschen.

Das klingt vielleicht ein wenig hart, aber ich legte bis dahin größten Wert auf Distanz, noch mehr, seit mich das Schicksal so hart getroffen hatte. Ich wollte einfach nicht mehr enttäuscht werden. Außerdem ist eine Arbeitsbeziehung mit der richtigen Distanz viel unbelasteter. Ich hatte es aber ganz offensichtlich übertrieben, denn ich erschien wohl wie eine Maschine zu agieren. Aber wen wundert das, nach all dem, was ich durchmachen musste?

Doch ich merkte, dass ich – bedingt wohl durch meine Schwangerschaft – zugänglicher und weicher wurde. Dies wiederum wirkte sich positiv, lösend auf das Klima zwischen den Mitarbeitern aus. So verging die Zeit einerseits unheimlich schnell, und andererseits war es mir manchmal so, als würde sie stillstehen. Viele Stunden saß ich in dem neuen Kinderzimmer, in einem bequemen Stuhl, der dafür vorgesehen war, dass das Baby darin gestillt wurde. Vorläufig hatte ich ihn als Ort gewählt meine Programme zu schreiben, die natürlich auch nicht unbeeinflusst blieben von dem neuen Glücksgefühl, das mich erfüllte. War es nicht eine wunderbare Vorstellung, hier zu sitzen und zu arbeiten, während das Baby friedlich und zufrieden in seinem Bettchen schlummerte. Ich malte es mir genau aus – und die Farben waren sonnig und warm.

Am 09.09.1999 um 19.19 Uhr erblickte ein gesundes kleines Mädchen das Licht der Welt und machte mich zum glücklichsten Menschen auf dieser Welt. Ich gab ihr den Namen Lenia, was so viel wie „strahlender, kleiner Engel" bedeutet, und so erschien sie mir, als sie in meinem Arm lag. Nun war wirklich alles von mir abgefallen, was mich je belastet hatte. Mein Leben hatte nicht nur eine Wendung genommen, es war neu geworden. Mit ihrem Geburtstag feierte ich fortan auch meine Neuwerdung.

* * *

„Was für eine wunderbare Wendung", sagte ich verträumt, während ich versuchte mir vorzustellen wie Ilse in ihrem Stuhl saß, das Baby friedlich in ihrem Armen wiegend, mit jenem seligen Lächeln im Gesicht, das jungen Müttern eigen ist.
„Sie scheint nun wirklich ihren Frieden gefunden zu haben", meintest Du, aber Deine Worte klangen nicht heiter, sondern düster.
„Frieden gefunden – sie ist ja nicht gestorben", merkte ich lächelnd an.
„Vielleicht doch ein wenig. Angeblich ist eine Frau nie dem Tod näher als im Moment der Entbindung. Nach wie vor ist es eine Gratwanderung zwischen Leben und Tod. Das Kind kann in ihrem Leib eine bergende Stätte vorfinden oder ein warmes Grab", sagtest Du,

und damit kam die ganze Düsterkeit zum Vorschein, „Aber lies doch weiter, ich will hier nicht hängenbleiben mit meinen Gedanken."
„Es gibt nichts zum Weiterlesen. Hier enden ihre Aufzeichnungen", stellte ich lapidar fest. Du verstummtest.

Hatte ich denn das Recht Dein Verstummen zu unterbrechen. Bedächtig trank ich meinen Tee aus. Es war mir, als würdest Du in Erinnerungen festhängen, nicht sicher ob Du sie mir erzählen wolltest oder nicht. Konntest Du Dich mir nicht anvertrauen? Hattest Du denn so wenig Vertrauen zu mir? Ich dachte, wir wären Freunde und könnten uns alles anvertrauen. Und jetzt zogst Du Dich zurück? Doch halt, war ich nicht auch gerade dabei das zu tun, was Du über Ilse gesagt hattest, vorschnelle Schlüsse zu ziehen und alles auf meine Person hin zu lenken. Vielleicht ging es gar nicht um Vertrauen, sondern um die Ungewissheit ob ich mit dem, was Du vor mir verheimlichtest, fertig werden würde, ob ich es verkraftete. Doch was konnte so schlimm sein.

„Ich habe, wie Du ja weißt, fünf Geschwister, fünf jüngere Geschwister. Zwei Schwestern und drei Brüder", brachst Du endlich das Schweigen, doch es wirkte immer noch unsicher, doch ich beließ es dabei Dir zuzuhören, „Ich war der Erstgeborene. Mein Vater starb wenige Monate nach meiner Geburt, wie ich allerdings später erst erfuhr. Meine Mutter hatte lange nicht die Kraft darüber zu reden, denn dieser Mann, obzwar zwanzig Jahre älter als sie selbst, war ihre große Liebe. Lange Zeit hatte sie es nicht verkraftet ihn zu verlieren. Er starb völlig unvorhergesehen bei einem Autounfall. Jedenfalls, diese Zeit zwischen meiner Geburt und seinem Tod war die schönste und erfüllteste ihres Lebens, wiederholte meine Mutter immer und immer wieder. Es war, als hätte sie mit ihm jeden Halt im Leben verloren. Sie litt unter Depressionen. Das führte dazu, dass sie nicht schlafen konnte, nicht in der Lage war sich zu konzentrieren oder sich zu freuen. Bald schon sah sie sich außer Stande die einfachsten Tätigkeiten auszuführen, geschweige denn sich um mich zu kümmern. Nach einem missglückten Selbstmordversuch kam ich zu meiner Großmutter und meine Mutter in eine Nervenheilanstalt. Ein ganzes Jahr lang blieb sie dort. Ich konnte mich nicht beklagen, denn es ging mir gut bei meiner Großmutter, und dennoch vermisste ich meine Mutter. Als sie entlassen wurde, galt sie als vollständig geheilt, was nichts anderes bedeutete, als dass sie funktionierte. Endlich kam ich wieder zu ihr. Wir hatten eine glückliche Zeit miteinander, nur wir zwei, so weit sie in der Lage war glücklich zu sein. Zwei Jahre später heiratete sie erneut, getrieben von dem Irrglauben, sie müsste mir unbedingt einen Vater verschaffen, obwohl ich nie gesagt hatte, dass mir einer fehlte. Mir ging nichts im Leben ab. Meine Mutter jedoch war eingespannt zwischen widerstreitenden Kräften. So war meine Großmutter mütterlicherseits der Meinung, dass ein Haushalt ohne Mann kein richtiger Haushalt wäre. Da herrsche keine Ordnung, keine Disziplin, und der arme Bub wäre völlig verlassen. Das war die eine Seite. Die andere bildete meine Großmutter väterlicherseits, die stillschweigend von ihrer Schwiegertochter zu fordern schien, dass sie sich für den Rest ihres Lebens der Trauer um ihren Mann widmet und ansonsten vergisst, dass sie noch am Leben ist. Letztlich obsiegte meine Großmutter mütterlicherseits, denn meine Mutter war natürlich bestrebt alles für sie Mögliche zu machen um mir ein glückliches Leben einzurichten. Dafür nahm sie es auch in Kauf einen Mann zu heiraten, den sie nicht liebte. Sie hat es mir nie gesagt, aber ich habe es gewusst, habe es gespürt. Vehement stritt sie es ab. Er war kein schlechter Mensch, aber glücklich war meine Mutter nicht. Dann kamen meine Geschwister auf die Welt, fünf Geburten in fünf Jahren. Trotzdem es ihr jedes Mal schlechter ging, nahm mein Stiefvater keine Rücksicht darauf. Immer mehr Arbeit, immer mehr Einsatz und dennoch jedes Jahr eine Schwangerschaft, eine Geburt. Er nahm es noch nicht einmal zur Kenntnis, und wenn, dann meinte er bloß, sie solle sich nicht so anstellen. Schließlich sei der Körper der Frau dafür geschaffen. Selbst als sie die letzte Geburt nicht überlebte, ging er keinen Schritt weg von seiner Meinung."

Das war es also, warum sie sich nicht hatte kümmern können, und ich, ich hatte mich auf die erstbeste Erklärung gestürzt.

„Urteile nie voreilig", schoss es mir durch den Kopf, wobei mir immer klarer wurde wie oft wir doch übertrieben schnell urteilen.

„Du hast recht", gab ich kleinlaut zu, „Man sollte sich eine Geschichte immer ganz anhören bevor man urteilt."

„Wenn man überhaupt so etwas wie ein Urteil treffen kann. Selbst wenn man die Geschichte kennt, steht es einem wirklich zu ein Urteil zu fällen? Darf ich mich zum Richter über andere aufspielen?", wandtest Du ein, „Wenn dann kann ich daraus lernen, für mich selbst entscheiden wie ich gehandelt hätte, aber nicht mehr, denke ich."

„Es wäre also interessant die ganze Geschichte aus der Sicht von Hans oder Balduin zu hören", sagte ich nachdenklich, „Bisher kennen wir sie ja nur von Ilses Seite her. Meinst Du, es wäre möglich alle Beteiligten aufzutreiben ..."

„Und sie in einem Schwung zu versöhnen, weil sich alles als Irrtum und vorschnelles Urteil herausstellt?", fragtest Du lächelnd, „Was seid ihr Frauen doch harmoniesüchtig. Als erst warst

Du bereit sie in Grund und Boden zu verdammen, und im nächsten Augenblick, bist Du schon bereit sie als Opfer grober Irrtümer zu sehen."

„Aber Du hast doch gesagt ...", begann ich verwirrt, doch Du unterbrachst mich völlig ungeniert.

„ ... dass man nicht vorschnell urteilen soll, das habe ich gesagt. Es kann natürlich auch sein, dass Ilse die Situationen in jedem Fall richtig gedeutet hat, Oder in einem falsch und im anderen richtig, oder dass sie ganz falsch gelegen ist. All diese Optionen stehen offen. Wir können jetzt wild spekulieren, aber wenn wir es wirklich wissen wollen, dann kann es nur einen Weg geben", sagtest Du, und ließt Deinen Blick erwartungsvoll auf mir ruhen, während das lose Satzende im Raum schwebte. Ich fing es auf.

„Wir sollten die andere Seite hören!", war ich um Beendigung bemüht.

„Richtig!", gabst Du mir recht, „Und deshalb schlage ich folgendes vor, „Wir werden einmal ein wenig recherchieren, und sehen was noch in Erfahrung zu bringen ist. Dann können wir uns weitere Schritte überlegen. Wenn wir nichts finden – was auch möglich ist – dann lassen wir es auf sich beruhen. Einverstanden?"

„Einverstanden", sagte ich, wobei ich sicher war, dass wir Erfolg haben würden.

Und ich sollte recht behalten. Nicht nur, dass es uns gelang die Lage der „Pianobar" ausfindig zu machen, was allerdings nicht so schwer war, da ja die Adresse im Tagebuch stand, doch wir nahmen auch noch eine weitere Hürde und schafften es Hans Voller zu kontaktieren. Wieder lebte er in der Stadt. Doch mehr wollte er uns am Telefon nicht verraten. So verabredeten wir uns bei der „Pianobar", am Samstag um 19.00 Uhr. Das war doch wohl ein voller Erfolg gewesen. Dennoch fiel es mir schwer es so zu sehen. Am liebsten wäre es mir gewesen, wir hätten uns sofort getroffen, denn es war mir, als würde mir die Geschichte bis dahin entgleiten.

Fünf Tage warten, fünf Tage Ungewissheit. Bei allem was ich tat, begleitete mich diese Geschichte, der Beginn, die innige Freundschaft, der Bruch, und dann, vielleicht die Aufklärung eines schrecklichen Missverständnisses und eine Versöhnung, nach all diesen Jahren. Das dachte ich in guten Stunden. In weniger guten kam es zu einer großen Enttäuschung, weil sich alles bestätigte. So schwankte ich während dieser Tage zwischen Euphorie und Resignation. Überall schleppte ich diese Gedanken hin, in den Tag und selbst in die Nacht, in meine Träume, doch dann war es endlich so weit. Diese Achterbahnfahrt, wer hält das aus, längere Zeit, und dabei betraf es mich doch noch nicht einmal. Pünktlich um 19.00 Uhr trafen wir im Gartenweg 6, bei der „Pianobar" ein.

Die andere Seite

Ein wolkenverhangener Himmel hatte uns begleitet. Während der letzten Tage war es uns nicht besonders aufgefallen, zu sehr waren wir In Ilses Lebensgeschichte vertieft gewesen, doch jetzt fröstelten wir. Nicht nur wegen des schlechten Wetters, sondern ebenso weil die Fassade des Hauses, in dem die Pianobar untergebracht war, den Niedergang ebenso spiegelte wie sie eine glänzende Vergangenheit erahnen ließ.

In großen Lettern stand der Name über dem Portal, doch die ehemals schwarze Schrift war verblasst, abgewettert. Zwei Scheinwerfer, die den Namen wohl dereinst beleuchtet hatten, hingen träge darüber. Niemand schien sich die Mühe zu machen etwas daran zu ändern, weder sie zu reparieren noch sie zu entfernen. Die zweiflügelige, holzgefasste Eingangstüre war düster und grau geworden, der Witterung und anderen Misslichkeiten ungeschützt ausgesetzt. Das geschliffene Glas, das in die Holzfassung eingesetzt war, war grau und stumpf geworden und von Sprayern zusätzlich verunziert.

„Um etwas neu zu bauen, bedarf es relativ wenig, doch um es zu erhalten, muss man jeden Tag daran arbeiten. Ein Haus, das nicht bewohnt wird, zerfällt, wird kalt und leblos. Die

Verlassenheit wird deutlich sichtbar", sagte ich unvermittelt.

„So wie bei einem Menschen, der sich aus dem Leben zurückzieht", ergänztest Du, leise und bedrückt, „Man kann dem Leben nur entkommen, indem man es verlässt, ganz gleich ob man nun wirklich tot ist oder sich nur tot stellt."

„Hinter wie vielen solcher Fassaden in Wahrheit der Tod herrscht?", fragte ich, während ich meinen Blick darüber schweifen ließ. Es erschien mir, als hätten die Besitzer diese Häuser schon längst abgeschrieben. Aber wozu sollte man sich auch die Mühe machen eine Fassade zu erhalten, die niemand ansieht. Dahinter, so spekulierte ich, lagen viele Wohnungen. Die Besitzer oder Mieter waren vor Jahrzehnten eingezogen, hatten Familien gegründet und darin gelebt. Die Kinder wurden geboren, wuchsen auf und verließen die Wohnungen ihrer Kindheit um hinauszugehen, ihr eigenes Leben zu leben, sich wieder Wohnungen zu suchen und Familien zu gründen. Zurück blieben die Eltern, die sich nun verlassen sahen. Irgendwann verloren sie auch den Partner, durch Tod oder durch Trennung. Wer zurück blieb war allein. Die Kinder, die ihr eigenes Leben hatten, die hatten keine Zeit mehr. Immer länger wurden die Zeitspannen zwischen dem einen und dem nächsten Besuch. Bis sie irgendwann ganz ausblieben. Vielleicht, dass man sich noch zu Weihnachten oder zu Ostern des alten Vaters oder der alten Mutter erinnerte. Eine Verpflichtung mehr, der man wohl oder übel nachkam, froh wieder in das eigene Leben zurückkehren zu können, wenn der Pflichtbesuch erledigt war. Gerade so lange bleiben, wie es der Anstand gebot. Und dazwischen hörte das Leben auf. Niemand sah mehr auf die Fassaden, weil niemand mehr auf Besuch kam, und die, die darin wohnten, achteten schon lange nicht mehr darauf. Es war ein Warten auf den unabwendbaren Tag, an dem es endgültig vorbei sein würde. Ein Warten im Zwischenzustand, im Dämmerbereich. Mit halb geschlossenen, halb geöffneten Augen der Gewissheit entgegen. Nichts mehr würde es ändern, nichts mehr eine Besserung bringen. Es gab auch nichts mehr zu erwarten.

„Es ist eben so", pflegten sie wohl zu sagen, obwohl ihnen schon lange niemand mehr zuhörte.
„Es wird sich nichts ändern", sagten sie ebenso, und weil keiner da war, der es hörte, störte es auch niemanden.
Dann gab ich mir einen Ruck und zog Dich über die Straße, hin zur Eingangstür der „Pianobar". Vielleicht konnte doch noch etwas geändert werden.

„Kaum vorstellbar, dass hier dereinst so reges Leben herrschte", sagte ich, während ich den Blick über die Graffitis streifen ließ. Über die Jahre waren wohl immer neue hinzugekommen. Zunächst war noch Platz, dass sie nebeneinander gesprayt wurden, aber als alles voll war, gingen diese Künstler der Straße dazu über, eines über die anderen zu sprayen, so dass nichts mehr wirklich erkennbar war, nur mehr ein Wirrwarr aus Farben und Mustern.

„So wie sich im Leben eine Erinnerung über die andere legt", kommentiertest Du, „Wobei die Erinnerung, die über die andere gelegt wird, die ältere mitverändert, bis sie völlig unkenntlich geworden ist. Wir können unseren Erinnerungen nicht trauen. Nicht nur, weil wir sie ständig interpretieren, sondern auch, weil das Kommende das Vergangene verändert, weil wir es für uns abändern, damit wir es wieder schaffen auf ein Kontinuum zurückzublicken, auf ein Ganzes, das wir so gerne haben."

„Und die Kanten werden abgeschliffen, die Ungereimtheiten herausgenommen und der Rest passend gemacht, damit eines nahtlos ins andere übergeht", ergänzte ich, während ich mich an mein eigenes Leben zu erinnern versuchte. Es dauerte noch nicht allzu lange, aber wie viel hatte ich wohl schon abgeändert, ohne es mir bewusst zu machen, weil Brüche für mich ein Gräuel waren. Offenbar stand ich damit nicht alleine da.

„Meinst Du, er kommt?", fragtest Du unvermittelt.

„Hans Voller?", entgegnete ich verwirrt, „Ich kann es Dir nicht sagen. Ich habe zwar mit ihm telefoniert, aber er ließ keinen Zweifel daran, dass es nicht leicht fiele hierher zurückzukehren. Dennoch wollte er es auf sich nehmen, hatte er zumindest gemeint. Aber wer weiß, vielleicht hat er es sich doch noch anders überlegt. So viele Jahre, es muss schon ein eigenartiges Gefühl sein."

„Oder er verspätet sich einfach nur", meintest Du achselzuckend, mit einem Blick auf die Uhr, „Es ist jetzt genau neunzehn Uhr, also eben die Zeit, für die wir uns verabredet haben, also Du. Ein paar Minuten kann man doch schon warten. Warum hast Du eigentlich keinen unverfänglicheren Ort ausgesucht, quasi einen neutralen?"

„Ich habe den Ort nicht ausgesucht, das war er", räumte ich ein.

„Aber warum hat er das getan, wenn er doch selbst wusste, dass es nicht leicht wäre?", fragtest Du verständnislos.

„Gerade weil er sich nach all den Jahren der Vergangenheit stellen wollte, meinte er", erklärte ich, „Die Vergangenheit hat nämlich die unangenehme Eigenschaft, dass sie einen immer wieder einholt. Oft passiert es, dass wir jahrelang nicht an etwas denken, und wir wollen schon aufatmen, weil wir meinen, jetzt haben wir es endgültig geschafft, jetzt haben wir es überwunden, und plötzlich ist etwas, irgendetwas. Das kann ein Geruch sein oder ein spezifischer Lichteinfall, ein Wort oder eine Farbe, und mit einem Schlag ist alles wieder da. Um die Geister der Vergangenheit wirklich für immer zu vertreiben, muss man sich ihnen stellen und ihnen die Stirn bieten. Ganz genau das beabsichtigt Hans mit diesem Besuch. Seine Erwägung war, dass es nicht so schlimm sein würde, nachdem wir mit dabei sind. Das würde die Härte nehmen. Er wäre bereit uns seine Geschichte zu erzählen, aber nur, wenn wir auch gewillt sind sie zu hören."

„Und warum wären wir sonst hier, wenn wir nicht dazu gewillt wären?", entgegnetest Du kopfschüttelnd.

„Kennt er uns denn? Kann er denn sicher gehen, dass wir nicht nur da sind ihn anzuklagen, ihn zu verurteilen, nachdem wir Ilses Geschichte gelesen hatten?", fragte ich, an Stelle einer Antwort.

„Nun, ich bin gewillt. Ich will das Bild vollständig sehen, nicht nur die eine Hälfte!", sagtest Du überzeugt.

„Hör doch mal!", forderte ich Dich auf. Atemlos standen wir und lauschten. Tatsächlich, ganz leise drang Musik zu uns. Zu erst war es nur so eine Ahnung, doch jetzt, da wir uns darauf konzentrierten, wurde aus dieser erahnten

Sequenz eine Melodie, leise zwar, aber doch unzweifelhaft, und sie kam aus der Bar. Vorsichtig legtest Du die Hand auf die stählerne Klinke und drücktest sie hinunter. Tatsächlich ließ sie sich betätigen und mit einem Ächzen schwang die Türe auf. Ohne Zweifel, diese Angeln bedurften dringend einer Ölung. Aber das war wohl die kleinste der vielen Ausbesserungsarbeiten, die erledigt werden müssten um dieses Haus wieder als lebendig ausweisen zu können.

Noch während die Türe aufschwang, war es da, dieses beklemmende Gefühl etwas Unrechtes zu tun. Man tut das einfach nicht, in ein fremdes Haus einzudringen, fremdes Eigentum zu betreten, zu berühren oder sonst etwas damit zu machen. Manchmal entsteht dieses Gefühl sogar beim Hinsehen. So dreist Du die Klinke betätigt hattest, so bestürzt warst Du offensichtlich darüber, dass sie sich tatsächlich betätigen ließ. Unsicher, aber fraglos neugierig ließen wir den Blick zu, der in das Innere drang.

„Das ist offensichtlich die Garderobe, von der Ilse erzählt hat", sagte ich, mich an das Gelesene erinnernd, doch so leise, als würden wir uns tatsächlich daran machen einen Einbruch zu begehen, und wenn schon keinen Einbruch, so zumindest Hausfriedensbruch. Unsicher blickte ich noch einmal zurück, doch die Straße war menschenleer. Kein Polizeiauto mit quietschenden Reifen und heulender Sirene war zu vernehmen. Keiner, der unser Tun stören oder uns gar abhalten wollte.

„Ja, das ist sie", entgegnetest Du, ebenso leise. Es war nicht leicht die Dinge zu unterscheiden. Der Teppich, die Wände und die Möbel waren dunkel gehalten, jetzt jedoch aufgehellt durch eine dicke Staubschicht. An der linken Seite befand sich der Verschlag, hinter der wohl die Garderobiere gesessen und die Mäntel und Jacken entgegengenommen hatte. Hier standen sie, Ilse und Hans, voller Erwartung des Kommenden, unsicher und doch voller Hoffnung, während sie warteten in Empfang genommen zu werden. Und dann gleich ein Rüffel. Sie wurden zwar erwartet, aber sie gehörten zum Personal, das in den Räumlichkeiten, die zahlende Gäste betraten, offenbar nichts verloren hatten. Doch es änderte nichts daran. Es war ihre Chance und die wollten sie ergreifen. Zu diesem Zeitpunkt hatten sie noch einander. Nichts ist schwer, wenn man jemanden an seiner Seite hat, der es mit einem trägt. Leicht scheint es auf den Schultern zu wiegen. Alles ist machbar, wenn man nicht alleine ist. Alleine jedoch wird vieles zur unbewältigbaren Last. Unwillkürlich sah ich zu Dir hinüber. Hätte ich mich ohne Dich so weit vorgewagt oder hätte ich es nicht vielmehr dabei belassen das Tagebuch zu lesen und die Geschichte für sich stehen zu lassen?

„Was tun wir jetzt?", fragtest Du plötzlich und meine Gedanken kehrten langsam zurück in die Gegenwart.

„Ich weiß es nicht, aber hier zwischen Tür und Angel stehen zu bleiben ist nicht wirklich klug", resümierte ich, angesichts unserer Lage, „Wir sollten uns wirklich langsam entscheiden."

„Da hast du wohl recht, wenn ich nur wüsste was das Richtige ist", erklärtest Du, „Gehen wir hinein, dann machen wir uns schuldig gegenüber dem Besitzer. Gehen wir nicht hinein, dann machen wir uns uns gegenüber schuldig. Ich meine jetzt nicht in einem rechtlichen Sinn, sondern in einem moralischen."

„In einem moralischen Sinn?", wiederholte ich süffisant, „Wofür alles doch die Moral herhalten muss!"

„Ja, weil jetzt haben wir uns so weit eingemischt, dass wir quasi die moralische Verpflichtung haben weiterzumachen, vielleicht eine Versöhnung herbeizuführen, und wenn das nicht möglich ist, so doch einen Menschen von einer großen Bürde zu befreien, die ihm das Leben auferlegt hat. Du hast ja selbst gesagt, dass Dir das Tagebuch nicht ohne Grund in die Hände gefallen ist. Auch wenn ich im Grunde genommen nicht daran glauben, so wäre es doch nicht verkehrt, es zumindest mal als Hypothese gelten zu lassen", führtest Du aus, doch da wurde die Melodie lauter, und ich ließ alle widerstreitenden Überlegungen sein, schob Dich zur Seite, die Garderobe zu durchschreiten, um an ihrem Ende die Schwungtüre zu öffnen, die nun den Blick auf den Hauptraum der Bar freigab. Du folgtest mir auf den Fuße, ohne ein weiteres Wort.

Wir waren die Eindringlinge. Die Welt, die wir kannten, hatten wir hinter uns, draußen gelassen, und betraten nun einen Bereich, in dem wir Fremde waren. Nicht nur, dass der Raum wie aus einer anderen Zeit schien, er bestand gänzlich aus eingesponnenen Erinnerungen, Erinnerungen, zu denen wir keinen Zugang hatten.

Weit entfernte Zeiten, die uns nicht annahmen. Eingesponnen wie in einen Kokon. Immer wieder begegnen uns Spinnfäden in der Natur. In Form von Spinnennetzen, die die Opfer anlocken sollen, dass sie sich darin verstricken. Auch manche Menschen spinnen solche Netze, in Form von wohlgesetzten Worten oft oder durch ihre Erscheinung, und wer sich anziehen lässt wird von ihnen gefangen, zumeist ohne sich davon wieder befreien zu können. Sie lassen einem keine Chance.

Die andere Form ist die des Kokons, der Annäherungen abwenden und das Eingesponnene schützen soll. Verschanzen in einem Gewesen, in einer Welt, die nicht mehr existiert, und dennoch konserviert werden soll. Konservenleben, in dem der Tod keinen Zugang mehr hat, weil auch das Leben versteinert ist. Es gibt daran nichts zu töten. Kalt und unnahbar wie das Umfassende und das Nichts. Unwillkürlich ergriff mich eine Kälte, die mir zwar keine Gänsehaut bescherte, mich nicht frösteln ließ, aber mir das Herz zusammenzog, das sogar verhaltener zu schlagen schien, dass es die Stille nicht bräche.

Eingesponnene Erinnerungen, deren Spinnfäden stark und unzerstörbar wirkten wie Stränge aus Hand, aber gleichzeitig so zart und verwundbar, dass sie durch die kleinste Berührung, den geringsten Ton zerbrochen würden, doch wenn sie zerbrächen, so nicht nur die Spinnfäden, sondern auch die Erinnerungen und die Bilder, die hinter ihnen verborgen lagen, als würden sie sich gegenseitig halten. Der Untergang des Einen zog unweigerlich den Untergang des Anderen nach sich, außer, man fand den rechten Beginn, sie auszuwickeln, den rechten Ton, der sie schwingen ließ.

Wir waren Eindringlinge und die Musik war hier zu Hause. Sie gehörte hierher. Linker Hand war der Barbereich auszunehmen, schwungvoll, rund gestaltet in dunklem Holz und roten Samt. An der Wand ließ sich ein Spiegel erahnen, der jedoch ebenso stumpf und unzugänglich war wie der Rest des Raumes. Darin spiegelte sich nichts mehr, als er selbst, wie sich im Auge eines Menschen, das nicht mehr zu sehen vermag, nur noch das Eigene spiegelt.

Die eigentliche Krankheit ist die Selbstsicht, die Fokussierung auf das Eigene, und der Verlust des Umgebenden, wenn man den Blick nicht mehr nach außen wenden kann, sondern nur mehr nach innen, nicht mehr nach vorne, sondern nur mehr nach hinten. Tod mitten im Leben. Eingesponnen in den Kokon der Unabänderlichkeit.

Neben der Bar, sich in eine Nische ziehend, standen kleine, runde Tische, umgeben jeweils von hölzernen Stühlen, die der Verspinnung ebenfalls nicht entronnen waren. Flucht ist nicht möglich, außer man beginnt mit einer Ankunft. Doch wo nur kann der Anfang sein dieses Fadens? Wo wäre es möglich ihn zu erhaschen, ihn langsam aufzuwickeln und damit zur Befreiung zu führen? Könnte er den je wieder gefunden werden? Wer könnte ihn finden? Wahrscheinlich nur diejenigen, die die Verspinnung zuließen, sie vielleicht sogar vorantrieben

121

Wir waren Eindringlinge, und gleichzeitig auch Ausgestoßene. Eindringlinge, die sich in eine fremde Welt stahlen, aber auch Ausgestoßene, weil diese Welt nicht damit erreichbar wurde, dass man eine Türe öffnete und eintrat, sondern man müsste den Anfang finden, sie zu entspinnen, aber dieser Anfang lag irgendwo unentdeckbar verborgen, so dass das Eindringen geradewegs in das Ausgestoßensein führte, unumgänglich. Aber wir ließen uns dennoch nicht vertreiben, ließen den Blick weiterwandern auf die anderen Seite, an der die Bühne lag, die ebenso im Dunklen lag, und nachdem sich unsere Augen selbst an diese Dunkelheit gewohnt hatten, erkannten wir in der Tiefe den Flügel. Erkennen ist wohl zu viel gesagt, es war mehr ein Erahnen, ebenso eingesponnen wie der Rest, doch der Kokon wurde an dieser Stelle durchlässiger, da die Musik durch ihn hindurch zu uns drang. Die Musik war das Verbindende, die uns erreichte. Vielleicht war sie auch die Lösung.

Immer noch standen wir in der Türe. Doch langsam fiel das Gefühl ab Eindringlinge zu sein. Vielleicht noch Fremde, aber niemand, der sich gewaltsam und unerwünscht Zugang verschafft hatte, und der so schnell wie möglich wieder gehen sollte, sondern wie Fremde die eingeladen wurden um möglicherweise Freunde zu werden. Die Musik durchflutete uns. Die Stimmung änderte sich, so wie Musik unseren Körper in Bewegung setzt, geschieht es auch mit der Stimmung. Da wurde mir endlich bewusst, dass sich der Charakter der Musik selbst geändert hatte. War es eine verhaltende, getragene, beinahe dumpfe Melodie gewesen, die wir als erstes wahrnahmen, so ging sie nun über in eine heiterere Färbung, lichter und voller. Und wir taten nichts weiter als zu stehen und zu lauschen. Nahmen nicht die Zeit wahr. Nahmen nicht den Ort war. Wir ließen es zu. Bis zuletzt, bis zum Verklingen.

Wir waren keine Eindringlinge mehr, aber Fremde, doch die Gestalt, die sich nach dem Verklingen der Melodie von der Bank beim Flügel erhob, schien hier zu Hause zu sein, auch wenn sie zunächst nur schemenhaft zu erkennen war. Doch ihre Bewegungen waren die eines Menschen, der mit dem Raum vertraut war, der das Eingesponnene kannte und wohl auch schätzte. Sie ging am Flügel entlang, die Hand darüber streichen lassend, und die Hand machte, dass sich die Fäden wie von selbst ausdünnten, um nach und nach zu verschwinden. Die Erinnerung war freigegeben und konnte erzählt werden.

„Viele Abende habe ich an diesem Flügel verbracht", sagte die Gestalt sinnend, in einer angenehmen, tiefen Basslage. Ich hätte mir gewünscht sie singen zu hören, die Stimme von Hans Voller, aber vielleicht würde es mir noch vergönnt sein. Noch erging an uns, an die Fremden, keine Einladung sich zu erkennen zu geben. „Viele glückliche Abende habe ich an diesem Flügel verbracht, doch das ist lange her." „Und wessen Schuld ist das? Wer hat denn alles hinter sich lassen müssen um sich selbst zu verwirklichen? Wer hat denn den Verrat begangen?", drängte es mich zu sagen, und ich erschrak selbst über die Heftigkeit, mit der die Wut über die vermeintliche Ungerechtigkeit in mir tobte, doch ich ließ den Gedanken keine Worte folgen, ließ das Drängen und Zerren in mir nicht heraus. Ich behielt es in mir. Noch. Ich wollte die Gelegenheit nicht zerstören endlich zur Wahrheit durchzudringen. Auch wenn ich immer noch überzeugt davon war, oder zumindest ein Teil von mir, dass es keine andere Erklärung geben konnte, als die, die uns Ilse vorgegeben hatte.

„Seid ihr Anna und Karl?", wandte sich nun die angenehme Stimme an uns, und nun musste ich dagegen ankämpfen, dass sie mich nicht in ihren Bann zog. Eigentlich wollte ich reserviert bleiben. Es würde mir nicht leicht fallen.
„Ja, die sind wir", hörte ich plötzlich Deine Stimme, und ich spürte welchen Respekt es mir abnötigte, dass Du so ruhig mit diesem Mann

sprechen konntest, „Und wir freuen uns, dass Sie sich Zeit für uns genommen haben."

„Zeit genommen? Eigentlich habe ich alle Zeit der Welt. Es gibt nichts mehr für mich zu tun. Es gibt niemanden mehr, der mich vermissen würde. Wenn man keinen Menschen und keine Aufgabe in dieser Welt hat, dann ist es, als wäre man unsichtbar, als würde man nicht mehr existieren", sagte Hans ruhig, und trotz des Schmerzes, der in den Worten lag, hörte sich die Stimme gelassen an. Als hätte er sich schon lange damit abgefunden und könnte nun darüber reden, als würde er über jemand anderen und nicht sich selbst sprechen Dennoch durchfuhren mich seine Worte wie ein Blitz. Ich war mehr als je zuvor dazu bereit ihn anzuhören. Und meine festgefügte Meinung erhielt die erste Erschütterung.

„Wir, oder besser gesagt, Anna hat ein Tagebuch gefunden, das Ilse geschrieben hat. Wir haben es in den letzten Tagen gelesen. Wir kennen ihre Geschichte, bis zum Tag der Geburt ihrer Tochter", fuhrst Du unbeirrt fort.

„Aber warum wolltet ihr dann mit mir sprechen?", entgegnete Hans ernst, „Ich habe das Tagebuch zwar nie gesehen, geschweige denn darin gelesen. Wenn ich es mir recht überlege, so wusste ich noch nicht einmal, dass Ilse Tagebuch führte."

„Ich denke, der Begriff Tagebuch ist in diesem Zusammenhang wohl auch eher irreführend. Es ist einfach eine Aufzeichnung ihrer Lebensgeschichte, beginnend bei dem Angebot hier aufzutreten bis eben zu jenem Tag der Geburt. Es wirkt, als hätte sie es erst im Nachhinein geschrieben. Wie es dann zu dem Trödler gelangte, das kann ich nicht sagen, aber auf jeden Fall habe ich es dort gefunden", versuchte ich mich an einer Erklärung, die doch nicht mehr als eine Mutmaßung darstellte.

„Wie dem auch immer sein mag, ihr kennt ihre Erzählung, in der ich sicher nicht gut wegkomme", fuhr Hans fort.

„Eben deshalb", unterbrachst Du ihn, „Weil wir nur ihre Seite kennen, würde uns nun die andere Seite interessieren. Sie hat die Flucht ergriffen. Natürlich ist es möglich, ja vieles deutet darauf hin, dass sie recht hatte, doch ist es nicht so, dass wir dazu neigen, in unseren Erzählungen die Dinge so zu arrangieren, dass sie unsere Erklärungen unterstreichen, um sie vor uns selbst zu rechtfertigen? Nicht, dass es falsch wäre, aber der Rest wird ausgeblendet und fällt unter den Tisch, der, der unseren Erklärungen zuwiderläuft."

„So viel Offenheit hätte ich mir gar nicht erwartet", erwiderte Hans sinnend, doch ich hatte den Eindruck, dass diese Aussage nicht unbedingt für uns bestimmt war, sondern mehr als Bestätigung für ihn selbst, dass das, was er nun hörte auch tatsächlich wahr war, „Ich hätte nicht gedacht, dass ich je die Möglichkeit bekommen würde diese, meine Geschichte zu erzählen, so sehr es mich auch dazu drängte, denn ich trage schwer an ihr, nach wie vor."

„Aber warum haben Sie die Geschichte nicht Ilse erzählt, schon vor langer, langer Zeit, also zu der Zeit, zu der es für sie wichtig gewesen wäre?", platzte es nun doch aus mir heraus. Ich biss mir auf die Lippen, doch es war bereits zu spät. Die Worte hatten sich selbständig gemacht und wurden gehört.

„Als wenn ich das nicht versucht hätte", erklärte Hans langsam, als wenn er mit einem störrischen Kind sprechen würde, das nicht verstehen will, „Seitenlange Briefe habe ich ihr geschrieben. Immer wieder habe ich versucht sie anzurufen, doch ich konnte sie nicht erreichen. Irgendetwas oder irgendjemand hinderte mich daran zu ihr durchzudringen. Damals dachte ich jedoch, sie wäre einfach stur und hatte sich dazu entschlossen jeglichen Kontakt mit mir abzubrechen, doch mittlerweile bin ich mir nicht mehr sicher darüber. Sicher wusste ich damals nur, dass sie sehr stur war, eigensinnig, und es hätte gut zu ihr gepasst, dass sie sich schmollend in eine Ecke zurückzog, doch ich wusste ebenso – aus eigener Erfahrung – dass sie auch noch jedes Mal mit dem Schmollen aufgehört hatte und dann wieder zugänglich war. Dieses Langanhaltende, das passte einfach nicht zu ihr. Doch all das konnte ich nicht sehen, so lange mir mein Leben entglitten war, und als ich wieder wirklich zu mir gekommen war, dachte ich, es wäre schon zu spät."

Immer raumgreifender wurde der Gedanke, dass ich ihm wirklich Unrecht getan hatte – aber war Ilses Erzählung nicht mehr als nur überzeugend gewesen. Oder hatte ich mich zu sehr auf ihre Sicht der Dinge eingelassen. Hans Voller hatte sich zu dem Tisch begeben, der der Bühne am nächsten stand. Er entwirrte die Spinnfäden und legte ihn frei, uns einladend sich zu ihm zu setzen. Ich war bereit ihn zu hören.

„Nachdem ich nicht weiß was Ilse genau erzählt hat, werde ich dort beginnen zu erzählen, wo sie es getan hat", setzte Hans Voller an, „Bei der Zeit des Hungers und der Kälte." Unwillkürlich spürte ich, wie ich nickte, und es wurde gesehen, so dass er unvermittelt fortfuhr.

„Es waren schwere Zeiten, und gleichzeitig schöne", resümierte er, und es war interessant, dass er es auf ungefähr die gleiche Weise beschrieb, wie es Ilse getan hatte, was meinen Eindruck vertiefte, dass sie sich wirklich sehr nahe gestanden haben mussten. Kurz hielt er inne, und es war mir, als würde er nochmals eintauchen in dieses Damals.

„Es mangelte an allen Ecken und Enden, doch wir hatten unseren Traum, und wir hatten einander. Natürlich kamen uns die Kälte und der

Hunger oft hart an, aber letztendlich siegte immer unser Optimismus. Irgendwann würden wir es schaffen. Davon waren wir überzeugt. Und das Beste war, dass sich unsere Zyklen von Optimismus und Resignation gegengleich entwickelten, d.h., wenn Ilse resignierte holte ich sie wieder zurück und umgekehrt war es genauso. Wir kämpften, doch alles schien vergebens, bis zu diesem Angebot hier. Vom ersten Abend an konnten wir überzeugen, und endlich hatten wir es geschafft. Nach all den Jahren und all den Entbehrungen. Das kann nur nachvollziehen, wer das erlebt hat. Ich war so unendlich dankbar, denn ich war mir im Klaren darüber, dass es ein großes Geschenk bedeutete. Ich kenne genug Kollegen, die genauso talentiert sind wie wir und es dennoch nicht schafften. Es gehört eben nicht nur Talent dazu, sondern auch Glück und die eine Chance. Natürlich muss man auch konsequent sein und hart arbeiten. Erfolg ist nicht einfach nur auf eine einzige Ursache zurückzuführen, sondern setzt sich aus verschiedensten Komponenten zusammen. Was die Menschen dann sehen ist nur das was man in der Öffentlichkeit präsentiert, aber nie wie viel Arbeit und Mühe dahintersteckt. Es soll auch so sein, denn wenn sie uns auf der Bühne erleben, dann ist es auch unser Ziel, dass sie all die Mühen und Plagen des Alltags für einige Zeit vergessen können. Andererseits wird dann oft behauptet, dass das alles ist, was man tun muss.

Es entsteht oft ein falsches Bild. Wir waren am Ziel – und es ist so schön zu erleben, wenn Ilse glücklich ist. Vielleicht spielte auch eine Rolle, dass wir bescheiden blieben und uns zu freuen vermochten an dem, was wir erreicht hatten. Wir wollten nicht mehr, eigentlich", fasste Hans die damalige Situation zusammen.

„Und so hätte es auch für die nächsten Jahre weitergehen können", warf ich nun ein. Ich schaffte es nicht mir diese Bemerkung zu verkneifen.

„Natürlich hätte es das, für immer und ewig, wie man so schön sagt", griff Hans meinen Einwurf auf, „Wir sprühten vor Ideen und man musste auch nicht lange suchen um Anregungen zu finden. Dennoch gab es ihn auch, diesen Traum von der Solokarriere, doch ich hatte ihn schon beinahe ganz ad acta gelegt. Es passte einfach alles, und da würde ich eigentlich wieder von vorne anfangen müssen. Sicher hätte ich einen Vorteil, dass ich schon bekannt war, aber das hätte mir nicht abgenommen, mich aufs Neue bewähren zu müssen. Die Zuschauer sind relativ konservativ. Sie brauchen eine gewisse Zeit, bis sie einen annehmen, aber wenn sie es einmal getan haben, dann möchten sie auch keine Veränderungen. Sie wollen Verlässlichkeiten, wollen das wieder erleben, was sie schon einmal überzeugte. Das hat Vor- und Nachteile. Die Schwelle, die man am Anfang zu bewältigen hat, ist unheimlich hoch, aber wenn man sie einmal bewältigt hat, dann bekommt man sehr viele Zugeständnisse. Das war wohl mit ein Grund dafür dass ich mir irgendwann dachte, dass es gut wäre, wenn es so bliebe, wie es war. Doch dann lief mir sie über den Weg, Frau Dr. Klara Heckensturz. Oder vielleicht sollte ich besser sagen, sie sorgte dafür, dass ich ihr über den Weg lief." Wieder hielt er inne, und diesmal schaffte ich es, ihn nicht zu unterbrechen. Offenbar kam nun der Teil der Geschichte, der sich nicht mehr so leicht erzählen ließ.

„Wie schon gesagt, es lief alles hervorragend. Im Grunde genommen besser, als ich je zu hoffen wagte. Wir hatten unsere fixen Auftrittstermine, waren sesshaft geworden und hatten ein bleibendes Zu Hause, einen Ort, an den wir gehörten. Da ergab es sich automatisch, dass wir uns ein Stammpublikum aufbauten, Menschen, die immer wieder kamen um nette, sorglose Stunden zu erleben. Zu diesen zählte Frau Doktor Klara Heckensturz", und für einen Moment verlor sich sein Blick in der Ferne, um gleich darauf wieder zurückzukehren. Offenbar war ihm ein anderer Gedanke in die Quere gekommen.

„Da gibt es noch etwas, was ich vorwegschicken möchte, damit vielleicht meine Situation besser verstehbar wird. Wie ich bereits sagte, Ilse war die beste Freundin, die man sich vorstellen konnte, doch, wie jeder andere Mensch, hatte auch sie ihre Macken. So lange wir um unsere

Zukunft kämpften waren ihr Durchhaltevermögen, ihre Einsatzfreudigkeit und ihre Zielstrebigkeit auch notwendig. Wer weiß wie oft ich dazwischen schon das Handtuch geworfen hätte, doch sie biss sich durch, allen Widrigkeiten zum Trotz, doch von dem Zeitpunkt an, da wir es eigentlich geschafft hatten, wurde es immer belastender. Natürlich war es nach wie vor notwendig an uns zu arbeiten, uns weiterzuentwickeln und auch zu proben. Doch Ilse fand niemals ein positives Wort. Selbst die größten Komplimente, die ehrlichsten Belobigungen nahm sie hin, als würde man ihr einen Eimer Eiswasser über den Kopf schütten. Nicht, dass sie unhöflich gewesen wäre, aber das, was gelungen war, das war es eben. Ihr Fokus lag immer auf dem Nicht-Gelungenen, auf dem, was noch verbessert werden müsste. Sie kam mir vor wie eine Gehetzte, getrieben einzig durch ihren eigenen Anspruch an Perfektion. Nicht der kleinste Patzer entging ihr. Sicher, auf der Bühne hatte sie gelernt damit umzugehen. Es wäre auch nie jemandem etwas aufgefallen, aber ihr fiel es auf, und das allein genügte um sie zu einer Rasenden werden zu lassen, einer Besessenen. Immer mehr verlangte sie. Immer verbissener wurde sie. Und eines Tages, da sagte ich es ihr. Dieser Druck, diese ständige Nörgelei, das war nicht das, was ich mir vorgestellt hatte. Eigentlich dachte ich, es würde dann leichter werden. Wir könnten unbeschwerter, da frei von existenziellen Sorgen, arbeiten, uns in unserer Kunst verwirklichen und ja, einfach Spaß am leben haben. Ich sagte es, aber nur das eine Mal und nie mehr wieder. Sie explodierte. Was ich mir denn einbilde, als wenn das Leben aus nichts als aus Spaß bestünde. Mehr denn je müssten wir nun an uns arbeiten. Dieses Ziel erreicht zu haben, das wäre zwar recht nett, aber es war nur der erste Schritt, quasi ein Öffnen der Türe, aber damit sie offen blieben und wir nicht gleich wieder vertrieben würden, müssten wir noch härter arbeiten, noch besser werden, denn es war erst der Anfang. Und ich, so warf sie mir vor, würde jetzt schon anfangen zu schludern. Das könne und werde sie nicht dulden. Als sie da so vor mir stand, die Hände in die Hüften gestemmt, hochrot im Gesicht, ihre Blicke wie Dolche in mir versenkend, da tauchte in meinem Kopf das Bild des Einpeitschers auf einer Galeere auf, und unwillkürlich stahl sich ein Lächeln auf mein Gesicht. Da war es dann ganz aus, bei ihr. Sie meinte, sie würde alles geben, würde dafür sorgen, dass wir nicht wieder gehen müssten, und dann würde ich sie dafür auch noch auslachen. Aber ohne solche kleinen Ausflüge, zumindest im Kopf, hätte ich es keine weitere Minute mit ihr ausgehalten. Ich war dementsprechend deprimiert und verwundet, also auch leichte Beute für eine Frau, die über das Gespür eines Raubtieres verfügte, wenn es darum ging auch die kleinsten Verletzungen auszumachen und für ihre Zwecke zu nutzen. All das wusste ich damals natürlich nicht. Sehr lange habe ich gebraucht um sie wirklich zu durchschauen, sehr lange habe ich gebraucht um ihre wahren Beweggründe zu erkennen, aber auch wenn es so war, konnte ich verzeihen, was sie getan hatte, weil ich verstand."

Und da sah ich ihn auch in seinen Augen, den Schmerz, von dem Ilse so ausführlich erzählt hatte, aber ich erkannte auch noch etwas anderes, nämlich eine Hoffnung und eine Zuversicht, die ich aus Ilses Worten nie entnommen hatte.
„Erzählen Sie doch bitte weiter", fordertest Du Hans sanft auf, und er kam Deiner Aufforderung nach.

„Es war also, als würden zwei völlig konträre Menschen in dem einen Körper von Ilse wohnen. Der eine, den ich als die Einpeitscherin bezeichnet hatte, und der andere, den ich als grandiose Künstlerin erleben durfte, immer und immer wieder aufs Neue. Das war ein großes Geschenk. Auch wenn ich ihre Arbeit kannte wie kein anderer, so war es doch immer wieder aufs Neue ein Erlebnis, wenn man bei der Umsetzung, bei der In-Wirklichkeit-Setzung dabei sein durfte. Jedes Mal war ich aufs Neue fasziniert von ihrer Ausstrahlung, von ihrer Gabe Worte zum Leben zu erwecken. Bloße Worte. Das war ihr Werkzeug, nichts weiter. Oft hatte sie gesagt, sie sei doch nichts weiter als eine Wortverdreherin, aber kaum etwas nötigte mir mehr Respekt ab als diese Kunstfertigkeit aus schlichten Wörtern ein Werk zu erschaffen, das doch nicht länger als für diesen einen Moment Bestand hatte, um dann gleich wieder in sich zusammenzufallen. Vielleicht, dass man den Nachklang mittrug, dass man die Stimmung behielt, aber alles andere entschwand, noch schneller als eine Eisskulptur in der Sonne. So kamen manche Menschen immer wieder, einfach um dieses Werden, Bestehen und Vergehen zu erleben. Denn es liegt ja in der Natur der Sache, dass solch ein fragiles Kunstwerk bei jeder Neukreation ein wenig anders ausfällt. Immer wieder experimentierte sie, brachte neue Facetten ein, verwarf sie wieder und fand neue. Die Bühne war ihr Labor. Das war natürlich ihre große Stärke, aber auch gleichzeitig ihre Schwäche, denn ich kann mich an keinen einzigen Moment erinnern, da sie wirklich mit sich und ihrer Arbeit zufrieden gewesen wäre. Letztendlich begann es mir schon Angst zu machen. In diesem Zustand wurde ich aufgefangen, und ich muss gestehen, ich hätte mich von jedem auffangen lassen, der dazu bereit gewesen wäre, damals. Es begann auch alles ganz harmlos.

Eines Abends, nach der Vorstellung, Ilse hatte sich – wie üblich – sogleich zurückgezogen, beschloss ich mich erstmals nicht anzuschließen, sondern setzte mich noch auf einen Drink an die Bar. Wie zufällig kam ich neben besagte Frau Doktor zu sitzen, wobei ich mir heute sicher bin, dass es doch arrangiert war, aber eigentlich tut das auch nichts mehr zur Sache. Wir plauderten eine Weile. Es war wohl nicht lange, ein paar Minuten nur, doch sie schaffte es mir in diesen wenigen Sätzen so viel Aufbauendes und Tröstendes mitzugeben, dass ich richtiggehend aufblühte. Instinktiv wusste sie wohl, was mir während all dieser Zeit gefehlt hatte. Punktgenau setzte sie ihre Worte, um dann zum rechten Zeitpunkt zu gehen. So konnte sie gewiss sein, dass sie wirkten. Dieses Spiel wiederholte sich noch ein paar Mal, doch dann hatte sie mich so weit, dass ich jedem Vorstellungsende entgegenfieberte, weil ich mich auf ihre Komplimente und Schmeicheleien freute. Ich wurde geradezu abhängig davon. Und sie beherrschte dieses Spiel mit einer bewundernswerten Perfektion. Sie hatte mir also etliche Brocken hingeworfen. Als erst probierte ich, wohl noch ein wenig zögerlich, zurückhaltend, doch ich merkte wie gut sie waren, und ich begann gierig danach zu schnappen, suchte sie. In dieser Situation blieb sie dann fern, so dass ich noch gieriger wurde, nach dem, was sie mir entzog. Und zuletzt, da warf sie den größten Brocken aus, der aufgespießt war an einem Haken, der wiederum angebunden war an eine Schnur, und diese Schnur hielt sie in ihren Händen. Ich hatte angebissen und zappelte wie ein Fisch an der Angel. Ab und zu holte sie mich aus dem Wasser, bis ich fast erstickte, doch kurz bevor es so weit war, warf sie mich wieder hinein, so dass ich nicht drauf ging. Ich war ihr Spielzeug, ihr Leibeigener, und – da sie es beschlossen hatte, dass sie das wollte – ihr Liebhaber."

Hans hatte die Augen niedergeschlagen. Ich spürte, es fiel ihm nicht leicht darüber zu reden, auch wenn es schon so lange her war. Es war allerdings schwer zu sagen ob es seinetwillen war oder um ihretwillen, noch.

„Vielleicht könnten Sie uns ein wenig mehr über jene Dame erzählen, damit wir uns ein richtiges Bild machen können", schlugst Du vor, und Hans nickte, fast unmerklich.

„Frau Doktor Klara Heckensturz war eine schöne Frau. Zumindest lautete so die allgemeine Meinung. Sie war groß, schlank, mit einem hellen Teint und eindrucksvollen, geheimnisvoll glänzenden veilchenblauen Augen. Ihr Haar war naturblond und fiel ihr in sanften Locken über die Schultern. Sie war es gewohnt im Mittelpunkt zu stehen und mit ihrer eloquenten Art zu überzeugen. Auch wenn sie sich den Titel erheiratet hatte, denn sie selbst hatte niemals ein Studium absolviert, während ihr Mann ein hervorragender Wissenschaftler war. Allerdings war sie keineswegs dumm – denn was besagt schon ein akademischer Grad. Sie war einfach in einer Familie aufgewachsen, in der noch nach dem Motto gelebt und gehandelt wurde, dass es nicht notwendig wäre Mädchen eine Ausbildung zukommen zu lassen, da sie ja sowieso heirateten und damit die Investition für die Katze wäre. Dieses Ansinnen übernahm Klara anstandslos für sich selbst, indem sie eben Herrn Doktor Hartmut Heckensturz ehelichte. Dieser Wahl lag ein klares Kalkül zugrunde. Sie wollte Geld und Ansehen. Beides verschaffte ihr ihr Mann. Dazu kam noch, dass er gut dreißig Jahre älter war als sie und bereits zwei Kinder aus erster Ehe mitbrachte. Seine erste Frau und Mutter der beiden Kinder, war vor einigen Jahren verstorben, so dass es für Klara wohl ein Leichtes war diesen Platz einzunehmen. Der Herr Doktor, dessen Bekanntschaft zu machen ich auch das Vergnügen hatte, war ein herzensguter, aber doch weltfremder Mann. Klara kümmerte sich rührend um ihn, doch damit hatte sie nicht viel zu tun, denn er verkroch sich die meiste Zeit in seinem Studierzimmer, in dem er nicht gestört werden wollte. Im Ausgleich dazu durfte Klara machen was sie wollte. Niemals fragte er danach.

Letztlich war es wohl ein Arrangement, mit dem alle Beteiligten glücklich waren. Klara nützte ihre Freiheiten weidlich aus, und hatte während den letzten Jahren wohl schon etliche Liebhaber verschlissen. Ich kann bis heute nicht sagen ob ihr Mann tatsächlich nichts davon wusste oder ob es ihm nicht wichtig war, so lange sie für ihn da war. Jedenfalls war ich nun derjenige, den sie sich für ihre Spielchen ausersehen hatte – und ich erwies mich als ideales Spielzeug. Immer mehr zog sie mich in ihren Bann. Immer mehr war ich auf sie angewiesen. Doch mein eigentliches Unglück waren die kleinen intimen Partys, die sie für mich veranstaltete. Nur ein paar ausgewählte, enge Freunde durften daran teilnehmen. Es war auch immer recht anregend und lustig. Ich hatte endlich die Möglichkeit mich gehen zu lassen, ohne mir ständig über irgendetwas Gedanken zu machen, konnte Spaß haben und diversen Vergnügungen nachgehen, die Ilse wohl allesamt verteufelt hätte. Mein Gott, in der calvinistischsten aller Siedlungen konnte es nicht strenger zugehen als bei Ilse! Jedenfalls waren diese zunächst recht harmlos, im weitläufigsten Sinne. Es floss wohl viel Alkohol, doch dann verlangten die Sinne nach mehr, und Klara war immer in der Lage meine Sinne zu betören, nicht nur mit ihren Reizen, sondern auch mit der einen oder anderen Substanz, die wir eben mal ausprobierten. Das erste waren ein paar Joints, und ich fühlte mich

recht wohl damit, zumal es für mich kein Problem war meinen Konsum auf die Partys zu beschränken, doch dann, eines Tages, da brachte sie dieses weiße, feine Pulver, zog auf dem Tisch vor mir eine schnurgerade Linie, drehte einen Geldschein zusammen, und forderte mich auf es doch mal zu versuchen. Natürlich wusste ich worum es sich handelte, und ich muss gestehen, es machte mir Angst. Sicher hatte ich davon gehört welch enorme kreativen Leistungen nach der Einnahme von Kokain erbracht wurden – aber ich kannte auch Geschichten von der anderen Seite, von denen, die diesem so unschuldig wirkenden, weißen Pulver mit ihrem Leben verfallen waren, die sich in den Wahn schniesten, den sie – wie ein unsichtbares Gefängnis – niemals wieder verlassen konnten, und die sich die Haut bis zum Knochen abkratzten, weil sie Insekten krabbeln spürten. Ich war wohl neugierig darauf das eine zu erleben, aber war gleichzeitig nicht scharf darauf die andere Seite kennen zu lernen."
„Und Sie haben letztendlich der Versuchung widerstanden!", warf ich überzeugt ein. Hans sah mich lange an, und ich sah Trauer in seinem Blick.

„Ich weiß nicht, ob das wirklich klar hervorgekommen ist, aber Klara war gewohnt, dass sie bekam was sie wollte, und zwar immer und überall. Dazu gehörte auch, dass es niemanden gab, absolut niemanden, der ihr etwas abschlagen durfte. Dann konnte sie unbarmherzig werden. Aber das war fast nie notwendig. Mit diesem Wissen im Hintergrund, aber vor allem auch, weil ich sie nicht verlieren wollte ... Also, wenn ich es recht bedenke, war das der Hauptgrund. Sie schaffte es einfach, dass ich mich gut fühlte. Darauf wollte ich nicht mehr verzichten. Was nun ihre Beweggründe waren für dieses Verhalten, darüber machte ich mir keine Gedanken. Das war wohl auch der Grund, warum ich ihr Angebot schließlich annahm. Schließlich – so war ich außerdem überzeugt – hatte ich mich doch im Griff. Ich würde mich nicht von einer Substanz beherrschen lassen. Wie sehr ich mich doch irrte. Doch bis ich meinen Irrtum einsah, war es schon zu spät, viel zu spät. Aber ich will nicht vorausgreifen. Ich zog also meine erste Line, und der Effekt war überwältigend, ganz anders als beim Kiffen, wo ich mich zunächst einfach nur übergeben wollte. Das Koks, das trieb mich an, ließ in mir Ideen entstehen, von denen ich nie gedacht hatte, dass es sie gibt. Es beflügelte nicht nur meinen Geist, sondern auch meine Phantasie. Ich war einfach brillant. Und das ganz ohne Katzenjammer am nächsten Morgen. Dennoch beließ ich es zunächst dabei mich von Klara einladen zu lassen, immer im Rahmen von Partys. Und ich bildete mir wirklich ein, so könnte es ewig dahin gehen, aber der Mensch scheint immer mehr zu wollen, oft auch mehr als ihm guttut."

„Hat Ilse das gewusst?", fragte ich unvermittelt, da mir langsam dämmerte, dass Ilse zwar ihr Leben, auch ihr Innenleben dargelegt hatte, aber kaum davon sprach wie es den Menschen in ihrer Umgebung ging.

„Nein, ich denke nicht. Sie hat auch nie danach gefragt, und das war wohl mit ein Grund, warum ich mich immer mehr an Klara klammerte. Ja, man muss es so bezeichnen, denn umso mehr ich ihr verfiel, desto mehr wuchs sie. Das ist eine Gabe einen anderen Menschen so beherrschen zu können, obwohl er lange Zeit überzeugt davon ist, dass er seine Entscheidungen selbst trifft und seine Freiheit behält. Dabei ist er schon längst verfallen. Ich kann nicht einmal sagen was schlimmer ist, die Abhängigkeit von einem Menschen oder von der Droge. Jedenfalls saß ich eines Morgens beim Klavier und wollte eine neue Nummer schreiben. Doch es wollte mir partout nichts einfallen. Mein Kopf und mein Herz fühlten sich leer und träge an. Da fiel mir ein wie sehr ich vor Ideen sprühte, wenn ich Koks nahm. Vielleicht sollte ich das nutzen. Natürlich nur das eine Mal. Eine Ausnahme. Dann würde es wieder normal weitergehen. Schließlich rief ich Klara an, und sie war allzu gerne bereit es mir zu besorgen. Nun war sie auch noch meine Dealerin. Und wie ihr euch vorstellen könnt, blieb es nicht bei dem einen

Mal. Bald schon war ich soweit, dass ich ohne das Zeug weder komponieren noch auftreten konnte. Das wiederum lieferte mich Klara gänzlich aus. Ich war gefangen und wusste keinen Ausweg. Auch wenn über eine Zeit alles wirklich gut lief, zeigten sich dann doch die Nebenwirkungen. Alles in meinem Leben war mir entglitten. Dann – und das wäre der letzte Schritt in die vollkommene Entmündigung gewesen – unterbreitete mir Klara die Idee mit der Solokarriere. Ich hielt sofort dagegen, was denn mit Ilse wäre, wenn ich ginge, denn auch Klara musste zugeben, dass wir uns auf der Bühne perfekt ergänzten. Da erzählte sie mir, dass Horst Hentschel Ilse angeboten hatte die Pianobar zu übernehmen. Woher sie das wusste, kann ich nicht sagen, aber sie redete mir ein, oder versuchte es zumindest, dass mich Ilse sofort abservieren würde, sobald der Vertrag unterschrieben wäre. Dann wäre sie angeblich am Ziel ihrer Wünsche und würde mich beinhart hinauswerfen." Seufzend hielt Hans inne.

Natürlich könnte man sagen, er war an allem selber schuld. Niemand hatte ihn gezwungen sich in diese Abhängigkeit zu begeben. Es war seine freie Entscheidung, und doch klang es ganz anders als Ilse es erzählt hatte. Auch wenn sie sich künstlerisch perfekt ergänzten, so waren sie doch zwei grundverschiedene Menschen. Wäre sie ein wenig hellhöriger gewesen, so hätte es

ihn möglicherweise nicht in Klaras Arme
getrieben. Hätte sie sich nicht so auf die Arbeit
konzentriert, so wäre ihr die Veränderung, die
mit Hans vor sich ging bemerkt, aber so sind wir
immer nur in uns selbst verstrickt und scheinen
den anderen nicht zu bemerken, nicht in seiner
Größe und noch weniger in seiner Bedürftigkeit.
Ilse hätte alle Möglichkeiten gehabt ihn
aufzufangen, doch sie hat es nicht getan. Dies als
Schuld zu bezeichnen, wäre vielleicht ein wenig
hart. Aber es war zumindest ein Versäumnis, das
sie begangen hatte. Es gibt immer zwei Seiten,
und nur, wenn man beide sieht, erhält man ein
komplettes Bild. Das war wohl genau das worauf
Du mich hinweisen wolltest. Wie weit war auch
ich in mir selbst gefangen? Ich nahm mir vor,
achtsamer zu sein, mit den Menschen, mit denen
ich Umgang hatte, und ganz besonders mit Dir.
Wusste ich denn wirklich, was in Dir vorging?
War ich denn oft genug dazu bereit Dich
anzunehmen, Dir zuzuhören und Dich ernst zu
nehmen? War ich denn bereit für ein
Miteinander? Sicherlich, es geht nicht immer,
und wir sind auch nur allzu gerne dazu bereit
unser Gewissen damit zu beruhigen, dass wir
uns einreden, der andere wird schon reden,
wenn er was zu sagen hat. Schließlich weiß er ja
ganz genau, dass er das jederzeit kann. Aber
kann er das denn wirklich? Signalisieren wir
nicht immer wieder, jetzt will ich nichts davon
hören? Wäre es denn wirklich so schlimm

einmal öfter nachzufragen ob alles in Ordnung sei? Oder ist der Stolz so wichtig, der uns nur allzu oft davon abhält auf den anderen zuzugehen? Dieser vermaledeite Stolz, der uns denken lässt, „Ich doch nicht. Soll doch der andere". Und was ist, wenn der andere nicht kann? Was, wenn er unserer Aufforderung bedarf? Gefangene unserer selbst, ohne es zu müssen.

„Aber letztlich haben sie Klaras Angebot doch angenommen?", fragtest Du unvermittelt.
„Wer sagt das?", entgegnete Hans erstaunt.
„Also, wenn man Ilses Tagebuch liest, liegt das zumindest nahe", erklärte ich, mich des Gelesenen entsinnend.
„Aber wie kommt sie auf die Idee? Ich habe doch nie etwas zu ihr gesagt?", meinte Hans, der ehrlich überrascht wirkte.
„Ilse hat Sie gesehen, in jenem Café gegenüber Ihrer Wohnung, in dem sie sich mit diesem Manager trafen, und sie interpretierte aus diesem Gespräch, dass Sie Ihre Entscheidung getroffen hatten", führte ich aus.
„Und noch bevor ich die Gelegenheit bekam ihr irgendetwas zu erklären, sie ins Vertrauen zu ziehen, zog sie bereits die Konsequenzen aus dem was sie zu wissen glaubte. Jetzt wird mir so manches klar, was mir zuvor schleierhaft war", sagte Hans, mehr zu sich selbst als zu uns.

„Ilses Gedanken waren aber durchaus nachvollziehbar. Wenn man bedenkt, dass Sie einfach so nicht zur Probe gekommen waren, ohne ein Wort, dass Sie immer schon von einer Solokarriere träumten. Das können Sie nicht abstreiten. Das wusste auch Ilse", entgegnete ich resolut.

„Ja, ich hatte davon geträumt, und ich habe daraus keinen Hehl gemacht, doch das war schon lange vorbei. Was die Probe betrifft, so ließ ich ihr eine Nachricht zukommen, und ich bin mir jetzt sicher, dass diese Nachricht nie bei Ilse ankam", sagte Hans.

„Was für eine Nachricht? Wer hätte sie ihr bringen sollen?", fragte ich verwirrt.

„Klara. Ich hatte sie Klara anvertraut. Aber damals war ich mir noch nicht im Klaren darüber, was für ein falsches Spiel sie mit mir trieb", stellte Hans fest.

„Aber warum sind Sie nicht selbst zu Ilse gefahren oder haben sie angerufen?", wolltest nun Du wissen.

„Es ging mir an diesem Morgen ziemlich schlecht. Die Droge forderte schon ihren Tribut von meinem Körper. Ich versuchte einen kalten Entzug und war nicht in der Lage irgendetwas zu tun, geschweige denn klar zu denken. So schien mir dieser Weg damals die einzige Möglichkeit zu sein. Können Sie denn verstehen wie so was ist, so ein Entzug? Haben Sie das schon erlebt?", wandte sich Hans nun direkt uns zu.

Beschämt schüttelten wir die Köpfe. Es ist natürlich leicht zu urteilen, wenn man in Sicherheit ist und im Warmen. Man kann nicht nachvollziehen, was man selbst nicht erlebt hat, kann sich nicht einfinden in die Gefühle des anderen, so lange wir nicht selbst durch sie hindurchgeschritten sind, und selbst wenn wir das selbe erlebt und erlitten hätten, so bleibt es doch unser je eigenes Erleben und Erleiden, das niemals deckungsgleich ist mit dem eines anderen. Es ist so immer vermessen über einen anderen zu urteilen, ihn gar zu verurteilen. Niemals kann das Verstehen ein vollständiges, lückenloses sein. Vielleicht können wir einen Einblick bekommen, indem wir es uns erzählen lassen, aber sicher nicht mehr. Und dennoch spielen wir uns nur allzu oft als Richter über andere auf. Doch anzuerkennen, dass unser Verstehen so gering ist, unser Zugang so dürftig und unsere Vorstellungskraft so marginal, würde uns unserer Vorstellung von Allmacht, ja auch nur von geringer Macht berauben. Es ist so einfach und bequem aus einigen wenigen Anhaltspunkten von mir selbst auf andere zu schließen. Es ist so schwer sich auf die Brüchigkeit einzulassen und zuzugestehen, dass wir uns immer aufs Neue zeigen lassen müssen, wenn wir den Zugang zum anderen wirklich finden wollen. Deshalb ziehen wir es fast immer vor den einfachen und bequemen Weg zu gehen. Das spart die Auseinandersetzung und die Gefahr unsere vorgefasste Meinung revidieren zu müssen. Es ist so einfach zu urteilen.

„Haben Sie den Entzug denn geschafft?", fragtest Du nun nach.

„Ja, aber nicht auf diese Art und Weise. An jenem besagten Tag, an dem ich nicht zur Probe erschien, ging es mir so schlecht, das möchte ich keinem Menschen wünschen, nicht einmal meinem schlimmsten Feind. Bereits am Abend wusste ich, dass ich das so nicht schaffen würde. Ich hatte nur zwei Möglichkeiten, so weitermachen wie bisher und irgendwann daran zugrunde gehen oder vorher mit dem Gesetz in Konflikt zu geraten. Oder ich nähme professionelle Hilfe in Anspruch. Am Nachmittag kam Klara und erzählte mir, dass sie Ilse die Nachricht überbracht hatte, und diese habe angeblich gesagt, dass es ihr egal sei und ich sowieso nicht mehr lange dabei sein würde. Und ich habe ihr geglaubt, ich Idiot. Sie nutzte wirklich jede Gelegenheit um einen Keil zwischen mich und Ilse zu treiben, unsere Freundschaft zu unterwandern. Alles wäre ganz anders gewesen, denke ich, wenn ich Herr meiner Sinne gewesen wäre. Dann hätte ich sofort gewusst, dass das nur eine Lüge sein konnte. Dafür kannte ich Ilse eigentlich zu gut.

Niemals hätte sie mich einfach so fallen gelassen, doch ich war geschwächt, war gefangen in meiner Sucht und in dem einen Gedanken, dass ich unbedingt Stoff brauchte. Es ist auch ziemlich müßig darüber nachzudenken, was gewesen wäre, es war eben so. Daran gibt es nichts zu ändern. Ich teilte Klara darauf hin meinen Entschluss mit, dass ich mit dem Zeug aufhören wolle. Ich werde diesen Moment wohl niemals vergessen, diese Kaltherzigkeit und diesen Narzissmus, der sich darin spiegelte. Denn sie hatte natürlich nicht das geringste Interesse daran, dass ich mich befreite, denn so würde sie mich weit weniger in der Hand haben. Niemals hätte es in ihren Plan passen können, dass ich mich befreie aus ihrer Umklammerung. Sicher, es würde der Tag kommen, da sie mich über haben würde und mich fallen ließe wie eine heiße Kartoffel. Doch noch war es nicht so weit, und vor allem, den Zeitpunkt, da das passieren würde, denn wollte sie bestimmen, mir stand das nicht zu. Deshalb tat sie das Naheliegendste, lächelte mich an und packte ohne ein weiteres Wort ein kleines Päckchen aus, schüttete sachte das weiße Pulver, das sich darin befand auf meinen Tisch und meinte nur, ich könne ihr beweisen wie ernst es mir damit wirklich wäre. Natürlich wusste sie genau, was ich tun würde. Ich hatte keine Kraft dagegen anzukämpfen, zu widerstehen. Gierig zog ich den Stoff in meine Nase. Ruhe und Gelassenheit kehrten zurück, auch konnte ich wieder klar denken. Auf jeden Fall war das nicht der richtige Weg. Deshalb entschloss ich mich, mich zunächst zu fügen und ihr Spiel mitzuspielen. Da erfuhr ich auch von dem Termin mit dem Manager, den sie für mich arrangiert hatte. Gerne würde sie es auch übernehmen Ilse meine Entscheidung mitzuteilen – meine Entscheidung! Was für eine Verkehrung der Wahrheit. Und ich wusste nun warum sie es gerne tat. Ich hatte endlich begriffen, dass sie die größte Freude daran hatte zu zerstören, um dann die Trümmer liegen zu lassen, sich einen neuen Spielplatz zu suchen, an dem sie sich austoben konnte. Ja, es ist wirklich so, das ganze war für sie nichts weiter als ein Spiel und die Menschen, die sie gebrochen und zerstört zurückließ, hatten nicht mehr Bedeutung für sie als die Figuren auf einem Schachbrett. Doch ich beschloss mitzuspielen, zumindest offiziell. Sobald sie mich alleine gelassen hatte, suchte ich mir eine Klinik für den Entzug. Ich bekam auch sofort eine Zusage, dass ich kommen könne. Gleich nach dem Termin mit dem Manager, nahm ich mir vor, würde ich mich dorthin begeben. Ich würde meine Entscheidung dort kund tun, würde dem Manager eine Absage erteilen und Klara den Laufpass geben. Und dann könnte ich Ilse alles erklären. Wenn sie wüsste was wirklich passiert war, dann würde sie mich auch verstehen, war ich damals überzeugt. Meine Koffer waren gepackt an diesem Morgen. Wohlweislich hatte ich sie noch im Schrank versteckt, denn Klara holte mich ab. Gemeinsam gingen wir in das Café, dort, wo mich Ilse offenbar ausgekundschaftet hatte. Und ich habe es noch nicht einmal bemerkt", resümierte Hans die Ereignisse dieser Tage. „Das war doch ein gut durchdachter Plan. Warum nur hat er nicht funktioniert?", stelltest Du fest.

„Weil mir Klara einen Strich durch die Rechnung gemacht hat. Wie schon erwähnt, sie ließ es niemals zu, dass ihr jemand in ihre Pläne pfuschte, dass es jemand wagte sich gegen sie zu stellen, ihr gar Paroli zu bieten. Ich wusste, dass sie sich gegen mich stellen würde, sobald ich meine Entscheidung kund tat. Doch, so war ich überzeugt, was könnte sie schon machen. Ich lernte sie dann erst so richtig kennen. Jedenfalls, wir gingen gemeinsam in das Café. Klara lobte mich noch in den höchsten Tönen im Beisein von Herrn Lobkowitz, was eigentlich gar nicht notwendig gewesen wäre, da er bereits die eine oder andere Vorstellung besucht hatte. Wortlos hörte ich mir alles an. Ich ließ sie ausreden. Daraufhin unterbreitete mir Herr Lobkowitz sein Angebot, und es war wohl sehr lukrativ. Ich kann mich nicht mehr genau daran erinnern, weil ich von vornherein wusste, dass ich es ablehnen würde. Ich kann mich nur noch daran erinnern, dass ich mir dachte, der muss ganz schön in Klaras Schuld stehen. Die erste Spitze, die ich ausfuhr bestand darin, dass ich – so unschuldig wie nur irgend möglich – vorschlug doch Ilse und mich unter Vertrag zu nehmen, denn er hatte uns doch beide erlebt. Schließlich waren wir als Duo bekannt geworden – also warum das nicht beibehalten. Ich sah mit großer Genugtuung, nicht nur die peinliche Lage, in die ich Herrn Lobkowitz brachte, denn er hatte offenbar die eindeutige Anweisung erhalten nur mich zu wollen, und sonst nichts. Klaras Augen sprühten vor Wut, wie ich aus den Augenwinkeln wahrnehmen konnte. Lobkowitz konnte das nicht entgehen. Stotternd gab er zu, dass wir wohl als Duo interessant wären, aber seine Agentur nähme nur Einzelkünstler unter Vertrag. Er atmete hörbar auf. Es war zwar nur allzu durchsichtig, dass es großer Unsinn war, was er da sagte, aber es war zumindest eine Erklärung, und wenn ich nun eingegriffen hätte, ihm gesagt hätte, dass das Unsinn wäre, dann hätte ich ihn damit der Lüge bezichtigt, und das ist gar nicht möglich. So offensichtlich es auch immer sein mochte, so hätte er mit Empörung auf den Angriff auf seine Integrität reagiert. Es war allerdings auch gar nicht notwendig. Die Selbstsicherheit war dahin und seine Glaubwürdigkeit ebenso. Nochmals wies er mich auf sein Angebot hin, worauf ich nun meinerseits Bedingungen stellte. Die erste war, dass ich nun auf Entzug gehen würde, und danach würde ich mit Ilse weiterarbeiten wie bisher. Damit ließ ich die beiden sitzen. Niemand versuchte mich umzustimmen, mir zu widersprechen. Sie ließen mich einfach gehen. Das war einfacher gewesen als ich befürchtet hatte, schoss es mir noch durch den Kopf, während ich in meine Wohnung ging. Rasch nahm ich die Koffer und wollte das Haus auch schon wieder verlassen, als ich aufgehalten wurde. Ein Sondereinsatzkommando der Polizei stand vor meiner Türe. Sie drängten mich zur Seite und begannen meine Wohnung zu durchsuchen. Natürlich dachte ich daran einen Hausdurchsuchungsbefehl zu verlangen, so wie es einem immer in den Krimis im Fernsehen suggeriert wird, doch ich ließ es bleiben. Stattdessen setzte ich mich still auf den kleinen Hocker im Vorzimmer, entschlossen diesen Spuk mit aller mir möglichen Ruhe und Gelassenheit über mich ergehen zu lassen, denn umso weniger ich mich einmischte, desto schneller würde alles vorbei sein. Felsenfest war ich davon überzeugt, dass ich nichts zu verbergen hatte. Wenige Minuten später wurde ich unsanft aufgezogen und mir Handschellen angelegt, während einer der Polizisten mir ein Plastiksackerl vor die Nase hielt. Das wären sicher mindestens drei Kilo Stoff, meinte er lapidar. Ich fiel wie aus allen Wolken."

„Aber warum deponieren Sie auch so viel von dem Zeug in Ihrer Wohnung?", fragte ich entsetzt.

„Meinst Du denn, dass er es war? Das war doch sicher Klara, nehme ich an. Offenbar hatte sie vorgebaut, für genau so einen Fall", erklärtest Du trocken.

„Genau so war es, aber es half nichts. Auf dem Sackerl fanden sich meine Fingerabdrücke. Dazu kam noch, dass ich ein Junkie war. Wer sollte mir also glauben, dass das Zeug nicht mir gehörte?", stellte Hans resigniert fest.

„Und Klara hat nicht versucht Sie aus dieser Notlage zu befreien?", fragte ich weiter.

„Aus einer Notlage, in die sie mich selbst gebracht hatte?", entgegnete Hans süffisant, „Natürlich nicht. Ich hatte mich offen gegen sie gestellt, so dass sie ihr Streben nun eindeutig darauf richtete mich zu zerstören. Alles Folgende ging eigentlich recht schnell und konsequent. Für einige Zeit blieb ich in Untersuchungshaft. Die Verhandlung kam und ging vorbei. Zu fünf Jahren Haft wurde ich verurteilt, wegen Drogenbesitzes und –handels."

„Und da gab es nichts daran zu rütteln?", fragte ich irritiert. Mir kam sofort in den Sinn, dass man für Vergewaltigung oder Kindesmissbrauch gerade mal drei Monate Haft aufgebrummt bekam, und nicht einmal das musste man oft absitzen. Sicher, Drogenhandel ist ein schweres Vergehen, sicherlich viel schwerwiegender, als wenn man durch Missbrauch das Leben eines Kindes für immer zerstört.

„Ja, die ganzen fünf Jahre. Mein großer Vorteil war jedoch, dass ich einerseits dennoch meinen Entzug machen konnte und nicht einmal Klara es schaffte Zugriff auf mich zu nehmen", versuchte er diesen Lebensabschnitt in ein positiveres Licht zu stellen.

„Wie ist es Ihnen sonst ergangen?", fragte ich, etwas tollpatschig.

„Der Mensch ist ein Wesen, das sich zu arrangieren lernt, je nach den Gegebenheiten, und das habe ich getan. Mehr will ich dazu nicht sagen. Das Einzige, was mich wirklich schmerzte und mir so richtig bewusst machte, dass ich eben von der Welt abgeschnitten war, war der Umstand, dass Ilse keinen Kontakt zu mir haben wollte. Wäre ich heraußen gewesen, ich wäre zu ihr hingefahren, aber so ging das nicht. Ich hätte ihr so gerne erklärt was passiert war und vor allem, dass ich mit ihr weiterarbeiten wollte, und wenn das nicht mehr möglich wäre, wollte ich sie zumindest als Freundin und Vertraute nicht verlieren", erklärte Hans, und man sah ihm die innere Bewegtheit an.

„Und warum hast Du mir dann nicht geschrieben? Warum hast Du es nicht auf dem Weg versucht?", ließ sich plötzlich eine uns unbekannte Stimme vernehmen. Sie kam vom anderen Ende des Raumes. Unsere Blicke wandten sich sofort in die Richtung, aus der die Stimme kam, dorthin, wo sich der Raum im Dunklen verlor. Schemenhaft war eine Gestalt auszunehmen, die dort an einem der Tische Platz genommen hatte. Es irritierte mich ein wenig, denn ich hatte niemanden kommen hören. Die ganze Zeit über war ich der Meinung gewesen, wir wären alleine hier. Aber auch wenn die Gestalt noch in der Dunkelheit verschwamm, konnte das eigentlich nur eine Person sein, Ilse. Sie hatte eine warme, weiche Stimme, einladend, und dennoch fordernd.

„Ich habe Dir geschrieben, mindestens 500 Briefe müssen es gewesen sein während all der Jahre. Niemals bekam ich Antwort. Wenn Du zumindest geschrieben hättest, dass Du mit mir nichts mehr zu tun haben wolltest, aber diese Ungewissheit während all der Jahre, die war quälend", erklärte Hans ernst.

„Ich habe nicht geantwortet, weil ich keinen einzigen Brief von Dir erhalten habe", sagte Ilse fest.

„Balduin", schoss es mir plötzlich durch den Kopf, doch als sich aller Augen mir fragend zuwandten, merkte ich erst, dass ich es wohl laut ausgesprochen, und nicht nur gedacht hatte, wie es meine eigentliche Intuition gewesen wäre. Deshalb fügte ich erklärend hinzu, „Wenn man davon ausgeht, dass beide die Wahrheit sagen, also Hans damit, dass er geschrieben hat, und Ilse damit, dass sie niemals einen Brief erhalten hat, dann muss es irgendjemanden gegeben haben, der verhinderte, dass die Briefe von Hans zu Ilse gelangen. Es kommt zwar durchaus einmal vor, dass die Post einen Brief verliert oder dass er vielleicht im Gefängnis zensuriert wird, obwohl das sehr unwahrscheinlich ist, aber gleich 500. Also muss es sich um jemanden handeln, der ein direktes Interesse daran haben musste, dass ihr nicht mehr zusammen kommt. Und wer wäre da naheliegender als Balduin, der ja quasi Hans Platz eingenommen hatte und dem daran gelegen sein musste, dass Ilse ihm fern blieb, der nicht zulassen konnte, dass sie die Wahrheit erführe."

„Balduin?", fragte Hans ungläubig, „Sie meinen aber nicht Klaras Sohn?"

„Ich denke, sie meint jenen Balduin, der zunächst Pianist bei mir war, dann mein Liebhaber und zuletzt – was er noch immer ist, obwohl er es nie erfahren hat und hoffentlich auch nie erfahren wird – der Vater meiner Tochter", erklärte Ilse kurz und prägnant.

„Wie hieß dieser Balduin mit Nachnamen?", wollte nun Hans wissen.

„Zwack hieß er. Warum?", antwortete Ilse kurz.

„Dann ist mir alles klar. Balduin Zwack ist Klaras Sohn. Sie hat ihn mir gegenüber nur einmal kurz erwähnt. Sie muss wohl noch sehr jung gewesen sein, als sie ihn bekam, zumindest jung genug, dass er wie ihr Bruder aufwuchs, denn schließlich war er ein uneheliches Kind, und das galt damals noch als Schande. Dazu kam noch, dass niemand so genau wusste wer der Vater war. Klara machte nur einmal eine kurze Andeutung, dass es wohl ihr eigener Vater war, aber sie hatte sich sofort wieder im Griff. Ich will sie nun keineswegs in Schutz nehmen, denn ein eigenes schweres Schicksal rechtfertigt noch lange nicht, dass man es darauf anlegt andere zu zerstören, aber es kommt dennoch nicht von ungefähr. Jedenfalls hieß Klara mit Mädchennamen Zack", erklärte Hans bedächtig.

„Und die Frau, mit dem ich ihn damals sah in Deiner Wohnung, das war seine Mutter", entfuhr es Ilse plötzlich, „Wenn ich das alles gewusst hätte, oder nur einen Teil davon. Mein Gott, ich habe offenbar alles falsch gemacht, alles falsch. Es hätte ganz anders laufen können, laufen müssen. Warum nur war ich so vernagelt, so verbohrt?"

„Weil wir uns zu sehr auf das verlassen, was wir sehen und hören", entgegnetest Du langsam, „Dabei ist das was wir sehen und hören nicht unbedingt die Realität, sondern nur unsere Interpretation davon. Und sehr oft merken wir es noch nicht einmal, dass wir interpretieren. Wir machen uns die Welt, wie wir sie haben wollen, und alles was passiert, das fügen wir ein. Wenn es nicht passt, dann wird es passend gemacht."

„Doch letztlich bleibt es müßig über Vergangenes zu reden. Es ist nicht mehr zu ändern, weder in die eine noch in die andere Richtung. Wir könnten jetzt lange darüber spekulieren, was gewesen wäre wenn, aber es bleibt wie es ist", fügte ich hochdramatisch hinzu.

„Das sind ja sensationelle Erkenntnisse, die Du da einbringst. Wer hätte das gedacht?", erklärtest Du süffisant.

„Hast Du vielleicht was Besseres einzubringen, als Deine Reden von oben herab, dieses psychologische Quaqua. Das können ja die Frösche besser!", reagierte ich prompt.

„Manche Leute nehmen tatsächlich jede Gelegenheit wahr um sich zu streiten, ob nun möglich oder unmöglich", vernahm ich Ilses Stimme.

„Da sieht man wie jung sie noch sind. Denn wenn man jung ist, dann meint man, die Welt gehört einem, und vor allem die Zeit. Sie ist in solchem Übermaß vorhanden, wie eine Quelle die lustig sprudelt, als würde sie nicht versiegen, doch Vorsicht, wenn ihr ein wenig genauer hinseht, dann werdet ihr feststellen, sie ist nicht mehr so ungestüm und frisch wie vor fünf Jahren noch. Sicher, es ist immer noch reichlich, aber unmerklich wird sie ruhiger, bis nur mehr ein leichtes Plätschern zu vernehmen ist, bis sie ganz versiegt. Es geschieht, einfach so. Und die

Jahre, die sind nicht mehr einzuholen, nicht mehr gutzumachen", wandte nun Hans ein.

„Völlig richtig", bestätigte Ilse, „Es gibt nichts mehr gut zu machen, aber wir könnten darüber reden, ob es doch seinen Grund hat, dass wir trotzdem wieder zusammengefunden haben, nach all den Jahren."

„Offenbar will es das Schicksal nicht zulassen, dass wir uns ganz verlieren. Wir haben unser Möglichstes getan, das muss man doch mal klar stellen, aber es ließ sich nicht erweichen", sagte Hans lächelnd.

„Es sieht ganz so aus, als müssten wir uns in das Unausweichliche fügen", erwiderte Ilse lachend, „Aber wer hat das nun eigentlich alles zu verantworten?"

Betroffen sah ich Dich an. Eine schwerwiegende Frage.

„Ich könnte jetzt mal behaupten", begann ich vorsichtig, „Ich könnte zumindest eine Rolle gespielt haben."

„Was heißt eine Rolle gespielt?", meintest Du nun stirnrunzelnd, „Du kannst es ruhig zugeben, dass Du Dich ganz plump eingemischt hast, zumal jetzt, da sich herauszustellen scheint, dass Dir niemand böse ist."

„Ganz im Gegenteil", meinte nun Ilse, „Stellen Sie sich vor, wir wären gestorben, Hans und ich, und keiner von uns hätte je wirklich gewusst was passiert ist. Niemals hätten wir die Wahrheit erfahren, niemals die Möglichkeit gehabt nochmals zueinander zu finden, zu vergeben und zu leben. Aber mich würde jetzt interessieren, wie Sie überhaupt auf uns gestoßen sind?"

„Schuld war das Buch, also Ihr Buch", erklärte ich postwendend, denn dass ich das gefunden hatte, dafür konnte ich nun wirklich nichts, „Ich bin leidenschaftliche Büchersammlerin. Deshalb verschlägt es mich immer wieder an Ort, wo Bücher angeboten werden. Nicht einfach nur im regulären Buchhandel, sondern auch in Antiquariaten, Wohnungsauflösungen, Flohmärkten usw."

„Und das Schlimme ist, Du wirst auch immer wieder fündig. Du wirst schon bald keinen Platz mehr haben zum Wohnen", machtest Du die Situation deutlich.

„Ich habe noch genug Platz", entgegnete ich prompt, „Weil ich ja auch nicht viel brauche. Jedenfalls, bei einem meiner Beutezüge, fand ich Ihr Buch, Ilse. Wir haben es dann miteinander gelesen und es hat uns wirklich tief berührt."

„Das Buch ...", überlegte Ilse laut, „Wie ist das bloß weggekommen? Ach ja, ich weiß schon wieder. Ich hatte es geschrieben und bei Seite gelegt. Für mich waren die Geschichten vorbei, denn mit meiner kleinen Lenia, meiner Tochter, hatte für mich das Leben neu begonnen. So wollte ich das auch symbolisch zum Ausdruck bringen, indem ich mich dieses Buches

161

entledigte. Weg haben wollte ich es, aber es einfach in den Müll zu schmeißen, das brachte ich dann doch nicht fertig. Aber ich fand einen anderen Weg. Beim nächsten Sperrmüll, legte ich es, zusammen mit ein paar alten Möbeln hinaus. Ich dachte mir, wenn es wer findet und mitnimmt, dann kann derjenige es immer noch wegschmeißen, doch ich habe damit nichts mehr zu tun. Bereits wenige Stunden später war der Gehsteig leer. Alles wurde mitgenommen, auch das Buch. Ich war eigentlich überzeugt davon, dass es weggeschmissen wird, denn wer sollte damit was anfangen, mit der weinerlichen Lebensgeschichte einer alten Frau."

„Du schaffst es immer wieder, immer wieder aufs Neue Dich herunterzumachen", warf nun Hans ein, „Warum sollte Deine Lebensgeschichte weniger interessant sein als irgendeine andere?"

„Weil ich nicht wichtig bin. Ich bin ein Mensch unter Millionen anderen Menschen. Nichts weiter", erwiderte Ilse leise, fast unhörbar, und da war es endlich so weit, Hans stand auf und ging zu dem Tisch, an dem sie saß, dort im letzten hinteren Eck in Dunkelheit gehüllt. Die Dunkelheit nahm auch ihn ein, umarmte sie beide, als er sich setzte, auf den Sessel, ihr gegenüber.

„Vielleicht bist Du für viele Menschen einfach irgendjemand. Aber für mich warst Du immer schon etwas ganz Besonderes, mit all Deinen guten Seiten und mit Deinen weniger guten, mit

Deinen Stärken und mit Deinen Schwächen, denn es ist das Gesamtpaket, das Dich ausmacht. Nicht mehr und nicht weniger. Und Du musst nicht perfekt sein, dass ich Dich liebe. Es ist das Wichtigste, dass Du Du selbst bist", sachte waren die Worte gewählt, seine Worte, und auch wenn ich es ungerne eingestehe, aber ich spürte, wie mir die Tränen in die Augen stiegen. Zum Glück war es so dämmrig in dem Raum, so dass es keiner sah.

Es geschah, und es geschah gleichzeitig. Nicht mit ein oder zwei Sekunden Zeitverzögerung, sondern wirklich im gleichen Moment. Nur die Gleichzeitigkeit lässt sich schriftlich nicht transportieren. Man ist auf die Phantasie der Leser angewiesen. Erzählt kann es nur hintereinander werden. Ich erkannte, in der Dunkelheit, dass sich Ilse und Hans umarmten, aber es war gar keine Dunkelheit mehr, denn eben in jenem Moment, ganz im gleichen Moment, gleichzeitig, riss die Wolkendecke auf und die Sonne brach mit aller Wucht durch und drang bis in die Dunkelheit vor. Sanft umwogte sie ein Paar, das sich nach scheins unendlich langen Jahren wieder gefunden hatte. Stille und Harmonie nahm sie ein. Im gleichen Moment. In dieser Umarmung lag alles, was zu sagen war. Nichts weiter war notwendig. Es war ein wortloses Verstehen. Es war einfach gut. Und es geschah im gleichen Moment. Ich sah nicht auf die Uhr. Es tat auch nichts zur Sache. Es war einfach so. Ich hatte nichts mehr vor an diesem Tag. Dennoch erwog ich kurz, Dich an der Hand zu nehmen, mich mit Dir wortlos davonzuschleichen, denn unsere Aufgabe war getan. Für uns gab es hier nichts mehr zu tun. Außerdem wollten die beiden jetzt sicher alleine sein. Es gab viel zu bereden. Da würden wir als Außenstehende wahrscheinlich nur stören.

Ich tastete also nach Deiner Hand, fand sie und zog Dich so geräuschlos wie möglich auf, doch genau in diesem Moment, da knarrte der Stuhl oder der Holzboden. So genau konnte ich es nicht lokalisieren, und das lösten sich Hans und Ilse aus ihrer Umarmung, sahen zu uns herüber.

„Ihr wollt doch nicht etwa gehen?", fragte Ilse und kam auf uns zu. Sie wirkte müde, doch voller Freude. Zierlich von Wuchs, erkannte man doch die Energie und Kraft, die ihren Bewegungen innewohnte. Es gab wohl viel zu verarbeiten, auch aufzuarbeiten, aber der Blick ihrer sanften, blauen Augen war frei und zuversichtlich.

„Nun ja," begann ich schüchtern „wir wollten nicht länger stören."

„Ihr stört nicht nur nicht, ihr seid sogar herzlich willkommen", sagte sie, während sie uns nötigte Platz zu nehmen, „Hans bleibt bei mir. Wir haben noch genug Zeit die Fäden aufzuwickeln und die Dinge, die Bilder und die Gedanken aus der Eingesponnenheit zu befreien, so dass wir endlich im Hier und Jetzt ankommen können. Aber dass es so sein konnte, das habe ich nur Euch zu verdanken, und ihr könnt mir glauben, diesmal werden wir uns nicht mehr auseinanderreißen lassen."

„Wollt ihr denn dort wieder anknüpfen, wo ihr euch verloren habt?", fragte ich hoffnungsvoll.

„Genau das wollen wir", bestätigte Ilse, und Hans nickte zustimmend.

„Noch sieht ja die Bar sehr mitgenommen aus, aber ich denke, wir können sie wieder auf Vordermann bringen", ergänzte Hans, „Aber was jetzt wichtig ist, können wir irgendetwas für Euch tun, als Dankeschön, dass ihr uns wieder zusammengebracht habt?"

Die Frage hatte mich ein wenig überrumpelt. Irritiert sah ich Dich an. Es war so viel geschehen. Die Eindrücke hatten mich überflutet, und ich war mir immer noch nicht sicher ob das, was ich da erlebte auch wirklich geschah oder ob es nicht nur eine Ausgeburt meiner Phantasie war. Doch Du behieltst einen klaren Kopf, wie immer, denn Du tratst mit Hans und Ilse bei Seite und wechseltest einige Worte mit ihnen, flüsternd, so dass ich es nicht verstehen konnte.

„So", sagtest Du schlussendlich, Dich wieder an mich wendend, „Ich denke, es wird Zeit für uns zu gehen. Wir sollten die Beiden nun alleine lassen. Sie haben noch sehr vieles zu besprechen."

„Aber, aber ...", versuchte ich einzuwenden, doch weiter kam ich nicht.

„Du wirst schon sehen", unterbrachst Du mich, und zogst mich aus der Bar hinaus auf die Straße.

Drei Wochen später waren wir wieder in der Gartengasse 6, bei der Pianobar. Nichts mehr war davon zu sehen, dass sie verlottert war, denn sie erstrahlte im neuen Glanz. Hans und Ilse hatten sich wieder gefunden und traten miteinander auf, nach all den Jahren, doch man hatte den Eindruck, dass sie nie etwas anderes gemacht hatten, so gut waren sie aufeinander abgestimmt. Mit großer Freude konnte ich mir eingestehen, dass Ilse in ihren Aufzeichnungen nicht übertrieben hatte, dieses Duo bestand aus zwei Menschen, die füreinander geschaffen waren, zumindest künstlerisch.

„Denk ja nicht mehr. Es muss nicht immer die große Liebesinszenierung sein, damit es ein Happy End ist", flüstertest Du mir über die Schulter zu. Verschämt blickte ich zu Boden. Warum nur hattest Du das bloß wieder gewusst? Aber wahrscheinlich hattest Du recht.

Freundschaft ist das schönste Happy End, das es geben kann.

Epilog

Offenbar hatten wir alles richtig gemacht, zwei Menschen wieder vereint, die – sagen wir mal ein wenig euphemistisch – durch gewisse Umstände auseinandergebracht wurden. Allerdings bin ich nach wie vor davon überzeugt, dass wir bloß als Werkzeug des Schicksals fungierten, nichts weiter. Man darf sich schließlich auch nicht zu wichtig nehmen. Faktum ist, es ist so.

Ich habe allerdings gehört, dass sich Ilse auch mit Balduin wieder aussöhnte, denn auch ihm hatte sie letztlich Unrecht getan. Seine Tochter, Lenia, war mittlerweile zwanzig und hatte nur gemäßigtes Interesse an ihrem Vater, doch wer weiß wie sich die Dinge noch entwickeln. Auch er hatte seine Weg gemacht und war ein leidlich guter Pianist geworden, der nach wie vor in der ganzen Welt unterwegs war. Mit einem Wort, es war Aussöhnung nach allen Seiten. Auch wenn es vielleicht ein wenig kitschig klingt. Manche Menschen behaupten gar, so etwas wie ein Happy End, das gäbe es gar nicht im eigenen Leben. Vielleicht wollen sie damit nur darauf hinweisen, dass sie es nicht erwarten. Auch das ein Weg um Enttäuschungen hintanzuhalten. In diesem Falle jedoch war es durch und durch ein Happy End, das eines Hollywoodfilmes durchaus würdig gewesen wäre, bis auf die Kleinigkeit vielleicht, dass niemand heiratete, aber es wird auch so nicht verraten.

Was nun unsere Belohnung betrifft, die uns angeboten wurde, so hatte Karl mit Ilse und Hans verabredet auch uns eine Chance zu einem Auftritt zu geben. Und, was soll ich sagen, Karl arbeitet nun nicht mehr im Controlling und ich nicht mehr im Marketing, denn wir treten nun auch in der Pianobar auf, und nicht nur dort. Manchmal geschehen Dinge eben, vielleicht auf Umwegen, aber wenn es so sein soll, dann ist es auch so.

Weitere Werke der Autorin:

Der Weg ist das Ziel ist der Weg – Eine Pilgerreise nach und durch Irland

Lange schon träumte ich davon, nach Irland zu reisen und das Land zu entdecken. Endlich bot sich die Gelegenheit zu einer Pilgerreise - und ich ergriff sie, ohne zu wissen was auf mich zukam, worauf ich mich einließ. Ich trat sie an, kehrte wieder zurück - aber ich war nicht mehr die, die ich zuvor war.

Der Weg ist das Ziel ist der Weg - ist ein Erfahrungsbericht, einer, die auszog das Fremde zu erleben, um doch letztlich wieder auf sich selbst zurückgeworfen zu sein.

ISBN 978-3-7386-0775-8

208 Seiten   € 9,90

Anonym – Begegnungen (Kurzgeschichten

Ein anonymer Brief kommt, dann ein zweiter. Es hat nichts Gutes zu bedeuten. Und dann geschieht ein Mord. Es kommt wie aus dem Nichts, scheinbar unmotiviert und bar jeder Sinnhaftigkeit. Erst, wenn man näher hinsieht, erkennt man die Verbindungen, die so fein sind wie Spinnenfäden.

Immer wieder geht es um Begegnungen und deren Auswirkungen auf unser Leben, denn erst sie machen das Leben aus.

ISBN 978-3-7386-0856-4

232 Seiten   € 9,90

Die Heilerin

DIE HEILERIN

Nastasja wird, als Hexe verschrien, fast das Opfer eines Anschlages, wäre da nicht Geri, der sie aus den Flammen rettet. Gemeinsam suchen sie sich eine neue Bleibe und finden diese in einer Hütte im Wald. Eines Tages finden sie Nathanael schwer verletzt neben seinem kaputten Auto. Nastasja gelingt es seine körperlichen Wunden zu heilen, doch da ist eine Krankheit, die viel tiefer sitzt. Als nun Nathanael von Unruhe getrieben in sein altes Leben zurück flieht und kurz darauf Nastasja überfallen wird, beschließt sie der Sache auf den Grund zu gehen und auch noch Nathanaels Geist zu heilen.

Ein packender Roman rund um die Abgründe des menschlichen Geistes, aber auch die Heilkräfte eines tätigen Miteinander und aktiven Verstehens.

ISBN-13: 978-1493548378
ISBN-10: 1493548379

210 Seiten   € 12,50

Zwischen Dir und mir – Geschichten von Begegnungen (Kurzgeschichten)

Zwischen Dir und mir

Geschichten von Begegnungen

Daniela Noitz

Ich habe mich zurückgezogen, in meine Welt der Nacht. Hier erwarte ich Dich, und ob Du kommst oder nicht, hier erzähle ich Dir meine Geschichten – erzähle Dich mir. Hier erzählst Du mir Deine Geschichten – Du Dich mir. Hier erzähle ich Geschichten, reale und fiktive, erlebte und geträumte, erfundene und zugeflüsterte. Hier erzähle ich von all den Wundern der Nacht und des Lebens. In diesem Buch sind die besten Nachtgeschichten vereint. Geschichten über das Miteinander, über Dich und mich, über die Liebe und das Leben, aber auch über den Schmerz und das Leid, die Trauer und das Getrennt-Sein, über Abschied und Neubeginn.

ISBN-13:978-1482310504
ISBN-10:1482310503

170 Seiten   € 10, 50

Die Zauberfeder

Rebekka von Kral, die
Heldin des Romans, liest
und schreibt mit
Leidenschaft, ganz zum
Leidwesen Ihrer Mutter,
Roxana, die ausschließlich
an Äußerlichkeiten, Pomp, Tand und
gesellschaftlichen Ansehen Interesse zeigt.
Rebekkas Stiefschwestern, Rabea und Bertha,
scheinen ihrer Mutter nachzueifern. Clemens,
Rebekkas Vater, der ein Wissenschaftler ist, sich
jedoch seiner Frau gänzlich unterordnet, steht
am Rande. Wie trist Rebekkas Lage innerhalb
dieser Familie ist, wird darin deutlich, dass ihr
ihr Herzenswunsch, eine ganz besondere,
rubinrote Feder, nicht erfüllt wird. Dennoch
wendet sich das Blatt in diesen
Weihnachtstagen für Rebekka völlig. Bertha
enthüllt Rebekka ihre eigene, jedoch bisher
heimliche, Rebellion gegen die Mutter, und als
die ganze Familie am zweiten Weihnachtstag
Rebekkas Großmutter, Ada von Kral, ihres
Zeichens Beschützerin und Hüterin der
Weltliteratur, besuchen, bekommt Rebekka
nicht nur die sehnlichst gewünschte Feder und
findet Aufnahme bei ihrer Großmutter, sondern
auch Bertha stellt sich auf ihre Seite. Mit Hilfe

der Feder und des dazugehörigen Pergaments, die dereinst Rebekkas Urgroßmutter gehört hatten, entdeckt Rebekka ihre Fähigkeit Geschichten in Wirklichkeit setzen zu können, d.h. das, was sie mit dieser Feder auf dieses Pergament schreibt, geschieht wirklich. Diese Fähigkeit wird auch dringend benötigt, denn ein äußerer Feind – es wird angenommen, es handelt sich um Zoticus, einen ehemaligen Mitstreiter Adas – bedroht den Berg der Inspiration, und damit die gesamte Weltliteratur. Bertha, Rebekka und Peter, Adas Assistent, machen sich auf Zoticus unschädlich zu machen, doch als sie diesen in seinem Schloss in Rumänien treffen, stellt sich heraus, dass sie den Falschen verdächtigt hatten, während der wahre Übeltäter, Clemens von Kral, inzwischen den Berg der Inspiration in Besitz genommen hat, und die Quelle der Inspiration, die den Berg bis dahin schützte, versiegen ließ. Mutig und entschlossen kehren die drei Freunde Rebekka, Bertha und Peter mit Zoticus, ihrem neuen Verbündeten, zum Berg zurück, um diesen und damit die Weltliteratur zu retten, was ihnen, nach Überwindung einiger Schwierigkeiten, auch gelingt.

ISBN: 9781 482301 533

250 Seiten   € 15,50

Kinder weinen leise

Debora Maier lebt in ihren Geschichten. Bis zur Geburt ihrer Zwillinge Tristan und Isolde fügt sie sich noch relativ gut ein, d.h. sie funktioniert und als wenn sie nur auf diesen Moment gewartet hätte, kappt sie mit diesem Ereignis die letzten Stränge, die sie mit ihrer Umwelt verbindet, als wäre die Welt nur mehr sie und ihre Kinder. Nichts mehr scheint zu existieren, nicht einmal ihr Mann, der sich erhängt. Sie nimmt es nicht wahr, nur die Kinder, die sie mitnimmt in ihre Welt der Geschichten oder die sie eigentlich darin sozialisiert, bis der Wahnsinn sie gänzlich einnimmt und in den Sumpf treibt. Die Kinder werden weitergereicht an Tante und Onkel, doch mit dem Tod der Mutter wandelt sich der Blick Isoldes in eine Art Spiegel, der jedem, dem sie es zeigen will die Medusa zeigt und sie zwingt sich selbst zu richten. So geschieht es mit ihrer Tante und ihrem Onkel, danach mit den Eltern ihrer Pflegefamilie, wobei sie mittlerweile gelernt hat diese Gabe ganz bewusst einzusetzen. So landen die beiden letztlich im Waisenhaus einer Gemeinde, die sich als so etwas wie ein Staat im Staat zu etablieren vermochte, die nach strengsten sittlichen Regeln gestaltet ist, doch die Moral ist erweist sich als umso doppelbödiger desto rigider sie sich gebärdet. Hier ist nicht nur nichts wie es scheint, sondern vielmehr alles das was es nicht sein soll.

Mit Hilfe der ältesten Tochter ihrer Pflegefamilie Eva Gnom und ihrem Amt als Leiterin des Kinderheims, vermag sie die Gemeinde zu unterwandern und eigentlich unter ihre Führung zu bekommen. Der Gemeindevorstand selbst ist gebeutelt und paralysiert durch die angeblichen moralischen Verfehlungen seiner Söhne, die desto schwerwiegender sind, da sie sich quasi vor aller Augen abgespielt hatten. Einerseits gelingt es ihr die wirtschaftlich neuralgischen Punkte zu infiltrieren und andererseits durch geschickten Einsatz der ehemaligen Kinder des Heims, die sie sich hörig gemacht hat. Doch auch die Gegenkräfte beginnen zu arbeiten. Während Eva und Isolde ihre Usurpationspläne verfolgen, hat sich Sarah Gnom, Evas jüngste Schwester abgesetzt und scharrt die Umsturzwilligen um sich. Tristan, Isoldes Bruder und ihr treu ergeben, verliebt sich in Nele, und diese Liebe befreit ihn aus den Fängern der Geschichte und seiner Schwester. Die Gemeinde wird durch die Enthüllungen und die umgreifende Unruhe aufgelöst, Isolde sieht sich selbst im Spiegel ihrer Augen und wird wahnsinnig, und Nele und Tristan, nunmehr Leiter des Kinderheims, das nun wieder menschliche Züge erhält, bekommen wiederum Zwillinge, und das Ende ist der weitere Anfang.

ISBN-13: 978-1493548378
ISBN-10: 1493548379

250 Seiten   € 16,50

Maria und Joseph: Adventgeschichten

Maria, eine katholische Religionslehrerin, und Joseph, ein evangelischer Pastor, fühlten sich wohl in ihrem neuen Heim. Im Frühjahr waren sie eingezogen, in jenes kleine Häuschen, das am Rande des Ortes lag. Die Bäume des angrenzenden Waldes wuchsen so nahe heran, dass man nicht genau zu sagen vermochte wo der Garten aufhörte und der Wald begann. Während er das Haus reparierte und wohnlich machte, legte sie einen Gemüsegarten an, so dass im Herbst alles für den Einzug bereit war. Er trat seinen Dienst an als Pastor und sie als Religionslehrerin im hiesigen Gymnasium.

Der Ort war groß genug um zwei christliche Religionsgemeinschaften zu beherbergen, groß genug, dass nicht jeder Zuzug eines Fremden argwöhnisch beobachtet wurde, aber immer noch klein genug, dass Menschen, die ein wenig anders lebten, zumindest interessiert beobachtet wurden. „Die haben kein Auto", wurde gemunkelt. „Ja, und auch keinen Fernseher", wussten andere zu berichten. „Aber

Sektierer können sie nicht sein. Schließlich ist er evangelisch und sie katholisch", überlegten andere. „Sind wir nicht alle Christen?", sinnierte einer der ansässigen Stammtischbrüder, der für sein außerordentlich gestähltes Sitzfleisch bekannt war, bevor er wieder einschlief, denn das Sinnieren macht doch schon sehr müde.

„Aber gegen Technik haben sie nichts. Sie haben eine Photovoltaik-Anlage auf dem Dach", wurde weiters erzählt. „Dann sind das wohl so Alternative, so Grüne", reimte sich eine andere Dorfbewohnerin zusammen, „Meine Kinder sollen sie in Religion bekommen, habe ich gehört. Ich glaube, ich muss da mal genau aufpassen was die ihnen so erzählt. Nicht, dass sie denen so Öko-Ideen in den Kopf setzt. Die sollen ja auch alle Joints rauchen." „Ach was, das war doch schon viel früher, die Hippies. Und nach freier Liebe, nein, danach sehen sie mir nicht aus, aber wer kann schon in einen anderen hineinsehen", meinte eine andere Frau und ging achselzuckend weiter Dies wurde weitererzählt, im Café, im Wirtshaus, im Lebensmittelgeschäft, auf der Bank und beim Spaziergang, wo immer es sich eben gerade traf.

Und noch bevor der Herr Pastor nur einen Schritt in die Kirche respektive seine Frau in die Schule gesetzt hatten, fanden sie sich bereits unter strenger Beobachtung. „Man weiß ja nie, was das für welche sind", pflegte die Dorftratsche all ihre Gespräche über Neue im Dorf zu beenden.

„Ja, Christus hätte bei Ihnen keine großen Chancen gehabt", entgegnete der Herr Bürgermeister, als auch er mit den Gerüchten behelligt wurde, doch er biss sich sofort auf die Zunge, denn schließlich wollte er im nächsten Jahr wieder gewählt werden, doch die entsprechende Dame war schon weitergegangen. Sie hatte es wohl nicht einmal gehört, zu sehr musste sie sich darauf konzentrieren die Neuigkeiten weiterzutragen, und sie trug schwer daran.

Im Häuschen am Rande des Ortes bekam man davon nicht viel mit. Bald schon konnten sie die Gerüchte vollends zerstreuen, denn sowohl der Herr Pastor bei den Gemeindemitgliedern, als auch die Frau Professor bei den Schulkindern waren sehr beliebt, und sehr zur Beruhigung mancher zeigte sich, dass es sich weder um Aktivisten noch um übriggebliebene Hippies handelte.

„Sie haben wirklich kein Auto und keinen Fernseher", bestätigte einer ihrer Schüler, „Aber ansonsten sind sie ganz normal." So sprach es sich herum, so wurden sie akzeptiert. Mittlerweile war es Advent geworden und in

wenigen Wochen sollte das Kind zur Welt
kommen. Und sie hießen Maria und Joseph.

· **ISBN-10:** 1502343274
· **ISBN-13:** 978-1502343277

114 Seiten   € 9,10

Adventreise ins Miteinander

Das Feuer prasselt sanft und wärmend im Kamin, während draußen, dort vor dem Fenster, der Winter mit aller Strenge herrscht, und gedämpft nur ein wenig von der Sanftheit der Nacht. Ich lade Dich ein, Dich hier zu mir auf die Couch zu setzen, lade Dich ein mit mir eine Reise durch den Advent zu machen, von zwei Einsamkeiten zu einem Miteinander.

Willst Du mitkommen auf diese Reise? Willst Du mir folgen in meine Bilder? Nun, dann lass Dich los, und ich entführe Dich in meine Gedanken, in meine Wünsche und Träume, in meinen Advent, und vielleicht findet sich ja die eine oder andere Gemeinsamkeit, Bilder, in denen auch Du Dich wiederfinden kannst. Advent – es gibt so viele verschiedene Arten anzukommen und willkommen zu heißen, so viele verschiedene Wege zueinander und zu sich zu finden.

Ich möchte bei Dir ankommen und Dir Ankunft sein. Doch siehe meine Geschichte und höre meine Bilder.

- **ISBN-10:** 1502348233
- **ISBN-13:** 978-1502348234

78 Seiten   € 7,86